繼母的拖油瓶是我的前女友 1
過去的戀情不肯結束
老天爺設下的陷阱。
換言之就是命運。
在命運安排下相遇的我們，在命運的引導下意氣相合，在無人造訪的暑假圖書室一再相會。
然後在暑假結束的八月底，她對我表白了愛意。
就這樣，我交到了人生當中第一位女友。
她的名字是綾井結女。
當時，她還叫做這個名字。

川波
川波小暮
Kogure Kawanami
水斗與結女的同班同學。很能配合氣氛，天生會做人，能與任何團體打成一片。
「哦？好像很好玩。那我也——」
「憑什麼我得受你這種人的照顧啊？」
伊理戶結女
Yume Irido
水斗的前女友。國中時代是個只跟書做朋友的不起眼怕生女孩，但在升上高中時成功轉型成美少女優等生。

伊理戶水斗
Mizuto Irido
結女的前男友。國中畢業時與結女分手，但隨後水斗的父親與結女的母親再婚，使兩人成了繼兄弟姊妹。
南曉月
Akatsuki Minami
水斗與結女的同班同學。活潑開朗的小動物系女生。
「啊，川波就不用了。」
「我哪知道啊。我也不想照顧妳好不好。」

「不……不行……規定……」
這個……完全……出局了。
繼兄弟姊妹，絕對，不會，做這種事情。
……但我說話的語氣，卻是如此的軟弱——
因為基於經驗……我知道他不會就此罷手。

繼母的拖油瓶是我的前女友 1

過去的戀情不肯結束

紙城境介

插畫／たかやKi

Kadokawa Fantastic Novels

目錄 Contents

♥前情侶不肯那樣稱呼「我就是討厭妳這種地方。」

「…………」

「…………」

我在自己家裡的玄關，上演有如不良少年的互瞪場面。

對方是與我同年的女生，僅止於此——我是很想這樣說，但實際上卻**不只**如此，我也必須說**曾經不只**如此。

「……你要上哪去，水斗同學？」

「……我才想問妳要上哪去呢，結女同學？」

女的這樣說，我這樣回，然後兩人都閉上嘴。

這已經是第三次了。

事實上不用問，我也知道這女的要去哪裡。就是烏丸三条漢堡店樓上的書店。今天是以推理小說為主要出版品的某書系發售日。我也要買那個書系的新書，而這女的也跟我有著同樣目的。

所以，假如我就這樣踏出家門，就會變成跟這女的一同前往書店，走到同一個書區，在櫃檯一前一後排隊。

那樣豈不是跟喜歡同一類書的情侶沒兩樣？

別件事也就算了，我們雙方都絕不樂見這種狀況發生。

換言之，我們現在是陷入膠著狀態。雖說必須錯開出門的時間，但究竟該由誰先踏出家門——我們現在就是為了決定這件事，處於正在互相牽制的階段。

坐下來好好商量？才不要。我跟這女的沒什麼好談的。

「——咦～？結女還有水斗，你們在那裡做什麼呀——？」

穿著套裝的由仁阿姨，從客廳走了出來。

由仁阿姨在大約一星期前，才剛成為我的母親。

也就是說，她是我父親的再婚對象——也是眼前這女人的親生母親。

「你們倆不是要出門嗎？」

「現在正要走。」

趁著她問到，我本來打算順勢說再見搶先行動，但由仁阿姨搶在我前面說了：

「啊，該不會是烏丸通的那家書店吧？聽說水斗你也喜歡看書～！既然這樣，你跟結女應該是要去同個地方吧？畢竟這孩子每次出門不是去書店就是圖書館嘛。」

「……呃……」

「拜託，媽……」

「啊！你們該不會是正要一起去吧！我太高興了，水斗！你這麼願意親近結女啊！以後也要多拜託你照顧她嘍。這孩子啊，就是比較怕生～」

「……我、我會的……」

被她這麼說，我也只能點頭。

可以感覺到身旁傳來想把我活活瞪死的視線。

「那我要去上班了。你們倆慢走喔！**兄弟姊妹**要好好相處唷！」

留下這句話，由仁阿姨就消失在家門外頭了。

徒留我與她——兄弟姊妹愣在原處。

對，我們是手足。

只不過，是繼親。

是再婚爸媽的，兩個拖油瓶——

「……你幹嘛點頭啊。」

「……我有什麼辦法？她都那麼說了啊。」

「憑什麼我得受你這種人的照顧啊？」

「我哪知道啊。我也不想照顧妳好不好。」

「我就是討厭你這種被動的個性，臭宅男。」

「我就是討厭妳這種任性的地方，臭狂熱分子。」

可是，我們的爸媽不知道。

只有我與她，知道我們真正的關係。

我，伊理戶水斗——

與她，伊理戶結女——

——在短短兩星期以前，還是一對男女朋友。

◆

事到如今只能說是年輕的過錯，不過我在國二到國三之間曾經有過一般所說的女朋友。

我們的初次相遇，應該算是在剛進入暑假的七月底，下午的圖書室——她站在腳踏凳上使力踮腳，伸手想搆到書架上最高的那一層。

講到這裡各位應該就明白了，總之我幫她拿了她想拿的那本書。

假如時間能夠重來，我一定要告訴這時候的我自己——別去搭理那種女人。

然而當時對未來一無所知的我，看看我幫她拿的那本書的封面，竟然蠢到對她這麼說：

——妳喜歡推理小說？

我是大家公認的濫讀派。就是純文學也好，愛情小說也好，輕小說也好，只要是小說什麼都看的那一型——所以，當時拿起的古典推理小說的書名，我當然也看過。

只是看過，並不喜歡就是了。

總而言之，出於愛書人的天性，看到別人拿起自己看過的書，就是會自動覺得高興。這就跟牛看到紅色的東西會興奮一樣，是無法控制的習性，我猜八成是老天爺設下的陷阱。

老天爺設下的陷阱。

換言之就是命運。

在命運安排下相遇的我們，在命運的引導下意氣相合，在無人造訪的暑假圖書室一再相會。然後在暑假結束的八月底，她對我表白了愛意。

就這樣，我交到了人生當中第一位女友。

她的名字是綾井結女。

當時，她還叫做這個名字。

言歸正傳……不用說也知道，這就成了崩壞的序章。

應該說國中生的愛情告白沒成為崩壞序章的機率，大概不到百分之五吧——國中生情侶能夠相守一輩子，就現實情況來考量，不是一件常見的事。

然而，當時的我們，卻相信有這可能。

一方面也因為雙方在學校都是不顯眼的類型，我與綾井就這樣靜靜談起了戀愛。在圖書室的角落、假日的圖書館，或者是結合咖啡館的書店等地方，偷偷聊我們的興趣聊得起勁。

當然，也做過男女朋友會做的事情。

約會、牽手、笨拙地接吻——我們用慢吞吞的速度，依序進行了這些不值得一提，反倒還值得唾棄的，情侶之間稀鬆平常的小事情。

我們的第一次接吻，發生在夕陽泛黃的上學路交叉口上。在那個與其說是嘴唇相觸倒比較像是輕輕掠過的接吻後，綾井臉上帶著淡淡紅暈微笑的神情，至今仍像照片一般烙印在我的腦海裡。

對於這幅畫面，現在的我只有一句話可說。

去死吧。

這女的，還有當時的我都是。

……總之，我們就那樣順利地發展關係，但差不多就從升上國三開始，我們之間的分界線漸漸開始有了變化。

事情的契機，是綾井的怕生逐漸有了改善。

大概是與我交往了一段時間，鍛鍊了溝通交流的能力吧——她在新班級交到了好幾個朋友。想到她在二年級時連體育課都找不到別人跟她一組，實在無法想像她能有這麼亮眼的成長。

她本身對這件事也很高興，我也有開口恭喜過她。

對，只是嘴上恭喜。

那麼心裡又是怎麼想的呢——這就不得不懺悔一下了。我嘴上祝賀她的成長，難看的獨占欲卻在心裡無理取鬧。

我心想——以前明明只有我一人，知道綾井那些可愛的地方、笑起來的模樣，以及開朗的個性。

這個想法把一切都搞砸了。

我變得忍不住在言詞當中透露出這種心情。綾井被我弄得很困惑，不知道是怎麼回事，只能試著討好我。這種做法卻又惹惱了我。

沒錯，我明白——雖然遠因是綾井的成長，但近因卻是我無聊的獨占欲。她沒做錯任何事，是我有錯在先。這點我承認。

可是。

可是，讓我說一句。

容我為自己辯護一下。當時我雖然愚蠢，但終究還是認錯悔改了，於是向她低頭賠罪。我跟她說我是因為這樣這樣的理由，一個人在那裡亂吃醋。對不起，我不該拿妳出氣。我向妳道歉，所以希望妳能不計前嫌——

結果，那女的……

猜猜她怎麼說？

——你不喜歡我跟其他人做朋友，自己卻跟其他女生要好？

啥？

我這樣回答，又有誰能怪我？

照她的說法，我好像是在我們倆相遇的那間圖書室，劈腿跟別的女生在一起——我完全不知道她在說什麼。八成是看到我跟圖書管理員還是誰說話就誤會了，但綾井堅稱那絕對是劈腿，不聽我解釋。

結果，我只好跟她低頭賠不是。

憑什麼啊。

關於拿她出氣這件事，是我不對。所以我道歉了，低頭了。要不要原諒我是她的自由，這我能諒解。

可是，為什麼我得讓她拿無中生有的誤會一口咬定我劈腿，把我臭罵一頓？

好吧好吧也罷，人有時候難免會有口無心。畢竟我之前也犯過這種錯，所以才會跟她道歉。但是，既然我道歉了，那她是不是也該道歉？只會不講理地讓我道歉，自己卻連個對不起的對字都不說，太扯了吧？說不過去吧？

——我們心裡存著這種疙瘩，只是表面上假裝和好，後來又維繫了幾個月的感情。

但是——咬合的齒輪一旦錯開，就再也無法修復了。

以前覺得吸引人的那些特質，如今都變得讓人火大。我們變得會互相酸言酸語，曾幾何時連用手機聯絡都開始覺得是種煎熬，但又不准對方不回手機，這種心態更進一步加深了我們的隔閡。

感情之所以能維持到畢業，不過是因為我們都很沒種罷了。只不過是因為我們都沒那份勇氣。

只不過是巴著過去的幸福回憶不放罷了。

即使如此，當情人節連一通電話都沒有時，我體會到事情已成定局。

體會到，我們已經無法回到從前。

所以我趁著畢業這個機會，主動提出了。

——我們分手吧。

——嗯。

簡單得很。連一滴眼淚都沒流。

她甚至沒發脾氣，反倒一副就等我這句話的表情。我猜我的表情可能也差不多。

明明曾經那麼喜歡……那麼重視對方。

但看在這時的我眼裡，她已經變成了不共戴天的仇敵。

……真的必須說，戀愛不過是一時的迷惘。

我總算從這種迷惘，獲得解脫了——

就這樣，我懷抱著放下重擔的輕鬆心情，心無罣礙地從國中畢業了。

然後，那天晚上。

老爸神情嚴肅地開口跟我說：

——爸爸打算再婚。

哎呀。

看來人類不管活到多大，都還是躲不過一時的迷惘。我不禁可憐起這個獨力把兒子養大的單親爸爸來，但無意反對。再婚，很好啊，請便？正好我也名正言順地結束了義務教育。

我當時心情正好。所以當老爸接著說出這句話時，我一不小心就寬宏大量地當成了耳邊風。

——對方也有小孩，是女兒……你不介意嗎？

喂喂，我都這個年紀了竟然還來個繼妹？簡直跟輕小說沒兩樣嘛。哈哈哈！

我反而越聽越興奮。我想我大概是不夠冷靜。

所以過了幾天，當老爸介紹我跟繼母與繼妹認識時，我感覺就像被人澆了一桶冷水。

——…………

——…………

在我眼前的人，是綾井結女。

錯了。

當時，她已經變成了伊理戶結女。

我們目瞪口呆地注視著對方，心裡一定在吶喊著同一句話：

——該死的老天爺！

就這樣，前女友變成了我的繼妹。

◆

「……我吃飽了。」

綾井——不對，結女聲調冷淡地說完，叮叮噹噹地把晚餐的碗盤疊起來，拿到廚房去。

……可惡，時機真不巧，我也正好吃完了。繼續悶不吭聲地坐著也很奇怪。

「我吃飽了。」

我也把碗盤疊起來前往廚房——看到結女在那裡洗自己的碗筷。

留長到看了就煩的長髮，散發故作清純的烏黑光澤。身材不健康地消瘦，感覺與其在廚房洗碗，還不如站在井裡數盤子比較適合。

結女長長的睫毛低垂著，瞄了我一眼。她什麼都不說，只是把碗筷敲得叮噹作響。

我也沒什麼話好跟她說的。我沉默地站到她旁邊，開始洗碗。

我實在很不樂意跟這女的一起站在廚房，但硬是躲著她又不妥當。因為——

「哎呀，老實講，本來還以為年輕的男生女生突然住在一起會有困難，沒想到他們似乎

處得還不錯，真是太好了。」

「就是呀！像今天啊，水斗還跟結女一起去逛書店唷？擁有相同的興趣，果然就是比較容易打成一片呢！」

「這下我放心了。畢竟就屬這件事最讓我擔心嘛。」

我的父親與結女的母親，坐在餐桌旁開心地談話。

才剛再婚的兩人，每天看起來真的很幸福——與我們這對兒女正好相反。

「……你明不明白？」

「……明白什麼？」

身旁的結女用嘩啦啦的水聲做掩蔽，跟我小聲說話。

「千萬不可以做出讓他們倆後悔的事喔。」

「我知道啦。關於我跟妳的關係，我會帶進墳墓裡。」

「很好。」

「……妳一定要每次都這樣高高在上的嗎？妳從什麼時候變成這樣的？」

「假如以前不是的話，那百分之百是你害的。」

「妳說什麼？」

「你想怎樣？」

「喂——！你們倆在聊什麼啊——？」

老爸從飯廳跟我們說話，讓我們收起了險惡的表情。

「沒什麼，就聊今天買來的書，沒什麼。」

「是的，對，就是這樣。我們是在聊書。」

「——好痛！」

結女一邊聲調開朗地回答，一邊在老爸看不見的地方給我來了記低踢。

「（不用說兩遍『沒什麼』。現國（註：指日本高中國語科中的現代文）的成績行不行啊？）」

「（很不巧，我的現國成績是全國模擬考前一百名。妳又不是不知道。）」

「（……真氣人。氣的是以前的我竟然還說什麼『好厲害喔～』把你捧上天。）」

「（我也很生氣。氣的是以前的我竟然還虛心接受。）」

我們表面上，扮演著一對關係良好的繼兄妹。

不能夠讓老爸與由仁阿姨因為得知我們的關係，而後悔不該再婚——

這是我與結女之間，唯一成立的共識。

只是反過來說，也就表示除此之外什麼都不成立。

我待在自己房間裡看今天買來的書時，聽見有人叩叩敲門。

「爸？什麼事？」

來者沒回應。我雖然看書看到一半很不想被打斷，但又不想用冷淡的態度潑正處於新婚的老爸冷水——我拿書籤夾進書裡站起來，打開房門。

站在走廊上的，是我在這世上最厭惡的女人。

也就是伊理戶結女。

「……什麼事？」

我用溫度比剛才降了大約一百度的「什麼事」來迎接結女。

結女用鼻子哼笑一聲，高傲地抬起下巴。一副好像在說「這點程度的冷言冷語連涼涼貼都算不上」的態度。

讓我用最委婉的措辭形容我目前的心境吧，真想扁她。

「我有話想跟你說。你現在有空嗎？」

「怎麼可能有空？妳應該也知道我今天買了什麼吧？」

「知道，所以我才會過來呀。因為我已經看完了。」

「嘖！」

看來她是專程來妨礙我看書的。

這女的從還在交往的時候，看書的速度就比我快一點點。我們如果在同一時間買書，又在同一時間開始看的話，每當我正好看到高潮情節時，這女的都已經先看完了。

超陰險的。

我就是討厭她這種地方。

幸好已經分了。

「……幹嘛啦。有話快說。」

「讓我進房間啦。我不想讓媽媽他們聽到。」

「嘖！」

「可以請你不要一直故意嘖給我聽嗎？」

「只要妳從我眼前消失，我馬上停止。」

「嘖！」

雖然沒看到老爸或由仁阿姨，不過我還是小心謹慎地環視一下走廊，然後才讓結女進了房間。

結女一邊看著腳邊，一邊往房間裡頭走。

「滿地的書，亂七八糟的。光是待在這房間裡就要把我弄髒了。」

「以前妳趁我爸出差時跑來這個房間的時候，明明還兩眼發亮地說：『好棒喔……！好像一間書庫！』」

「真是世事無常呢。現在就連看到全套夏洛克·福爾摩斯全集整齊地擺在那裡，都讓我感到無窮無盡的煩躁。」

「妳就這麼去死吧。看我把妳像莫里亞蒂教授那樣推進瀑布深潭底去。」

我不屑地說道，坐到被書淹沒了一半的床上。

「所以？妳想跟我說什麼？」

「我再也受不了了。」

結女繼續站著，用冷然的表情對我說道。

「我無法再忍受下去了——我到底得容忍你態度隨便地直呼我『結女』多久才行？」

我皺起眉頭。對這傢伙不需要隱藏不愉快的感受。

「妳不是也都叫我『水斗』？」

「我叫你還好，但我無法忍受你直呼我的名字。就連交——念國中的時候，都沒讓你這樣叫了。」

連說出「交往的時候」這幾個字都不願意就對了？很好，我懂了。

「有什麼辦法，誰教我們同姓。不然要怎麼叫？」

「不是有個更適當的稱呼嗎？」

「什麼稱呼？」

「『姊姊』。」

……嗄？

「我們是姊弟，所以你本來就該叫我一聲『姊姊』。」

「不，不，妳給我等一下。」

我扶住自己的頭。

「妳？姊姊？我的？……少說傻話了。應該是反過來吧。」

「嗄？」

「是『哥哥』才對。我是妳哥，妳是我妹好嗎？」

這傢伙在鬼扯什麼啊。

「……真是敗給你了。看來我這繼弟的腦細胞都在放假呢。」

「信不信我來讓妳放假？放一輩子。」

「就讓數學成績在全國模擬考前一百名的我來解釋給你聽吧。你可要聽好了。」

竟然擅長數學超過現國，這女的真不配當個愛書人。不可原諒。

結女擺出一副老師架子豎起食指。

「在這世界上，先出生的就是姊姊或哥哥，這是大前提。而我出生得比你早，這是小前提。因此，我才是姊姊，這是結論。懂了沒？」

結女得意洋洋地論述的並不是數學而是邏輯學，但比起這個，有一點對我來說更不可忽視。

「……假如我記得沒錯，我與妳的生日應該剛剛好是同一天吧？」

沒錯，這又是老天爺的另一個陷阱。

我跟這個女的，生日恰巧是同一天。

雖然並不是因為這樣才意氣相投，但我也不是不記得我們曾經說過「那就可以一起慶生了！」之類的噁心話，還進行過互相交換禮物的邪惡儀式。雖然這段記憶已經被我上鎖摔進垃圾桶了。

「所以我們之間應該無所謂兄姊之分吧。」

「我怎麼記得你剛才還高聲宣稱我是妹妹？」

我只不過是因為繼姊與繼妹比較起來，好像繼妹比較順耳才會那樣說，沒有其他意思。

「總之不管怎樣，這項前提不會因此而動搖。因為我們只是生日同一天——出生時間可就不是了。」

「出生時間？」

「我已經查清楚了。」

結女用刑警的口吻說道，拿出智慧手機的螢幕給我看。

「你看。」

智慧手機的螢幕上，顯示著嬰兒的照片。看起來似乎是拍下了相簿的頁面，照片底下有寫字。

「你的出生時間是上午十一點三十四分。」

她滑動螢幕切換到下一張圖片。同樣也是嬰兒的照片，結女指出照片中的時鐘。

「然後，根據這張照片顯示，我至少在上午十一點零四分之前就已經出生了。我最少也比你早出生半小時，懂了沒？」

……這傢伙是認真的嗎？

為了這麼一點小事，連我家的相簿都翻出來調查？

「我看妳有病～」

聽我說出誠實的感想後，結女驀地臉紅了。

「什……為什麼啊？完美的推理本來就需要完整的證據啊！」

「又來了，本格推理狂熱分子。妳這麼重視拼圖式推理，何不乖乖玩拼圖就好？」

「嗚哇！你找碴了！你跟整個本格推理界找碴了！要吵就來啊！」

「好吧，假如要我特地配合妳這愛爭公不公平卻從不在解決篇之前做推理的人玩遊戲的話，很遺憾，妳的論證有漏洞。」

「什麼漏洞啊！我看你的眼睛才是兩個大洞吧！」

面對被說中痛處而進入憤怒模式的冒牌推理迷（刻意忽視給讀者的挑戰書的那一型），我提出了反證。

「『在這世界上，先出生的就是姊姊或哥哥』——妳拿這點當前提，但這裡有個謬誤。日本自古以來，雙胞胎都是以先出生的為弟弟或妹妹。」

「咦？為什麼？」

結女露出單純感興趣的表情，微微偏了偏頭。

「眾說紛紜，有人說是先出生的人要為了兄姊開路，也有人說是因為晚出生的在子宮內的位置較高，不過總而言之，假設將我們這對同日出生的繼兄弟姊妹視為繼雙胞胎，那麼先出生的妳就是妹妹。好了，妳有什麼要反駁的嗎？」

「可……可是我們，又不是雙胞胎……」

「要追究這點的話，那我們根本也不是兄弟姊妹，只是兩個拖油瓶罷了。」

「嗚……嗚嗚嗚……」

結女一邊不甘心地低吼，一邊用滿懷怨恨的目光瞪我。哈哈哈，乖乖臣服於我吧。

「……咦，等一下？」

「不等，給我滾出去。」

「你剛剛說的雙胞胎順序，是以前的事了吧？現在不都是先出生的當兄姊嗎……」

「……嘖！乖乖被騙就沒事了。」

「啊！原、原來你想設計我！」

「總之，我才是哥哥。好了，QED（證明完畢）。解散解散。」

「我才是姊姊！要我當你妹妹會讓我毛骨悚然！」

我們面對面互瞪。若是形容成視線迸散火花，那還算委婉的了。看在我眼裡倒覺得彼此的視線就像山田風太郎的作品那樣互相砍殺，迸射血花。

從結女愈增凶險的瞳仁之中，我看到天草四郎還是誰就快透過魔界轉生復活了，於是嘆口氣，不再與她嘔氣。

「……繼續互瞪下去也不是辦法。這種時候應該找個遊戲一較高下，才是理智的人類該有的行為。」

「雖然講話口氣惹人厭，但說得沒錯。」

「要比什麼？猜拳、抽籤，還是擲硬幣？」

「等一下。」

「不等，給我滾出去。」

「不要跟我來自動回應這套啦！」

哎呀，忘了關掉Ｂｏｔ了。

結女用手遮著嘴，裝聰明地說：「讓我想想……」

「……趁著這個機會，這樣做怎麼樣？」

「我是很想全面否定妳的意見，所幸我是個非常理智的人，就聽聽妳怎麼說吧。」

「氣死人了……我們今後必須隱瞞真正的關係，假裝成感情還算不錯的繼兄弟姊妹一起生活，對吧？」

「極其遺憾地。」

「雖然目前還沒怎樣，但也許兩人之中遲早有人會露餡——換句話說，搞不好會做出繼兄弟姊妹不該有的言行，對吧？那麼誰做出那種言行就算輸，怎麼樣？」

「唔嗯……妳可以嗎？」

「什麼可不可以？」

「照這個規定，肯定是我贏喔。」

「我看你是把我當白痴吧！」

只是參照事實進行合乎邏輯的推測罷了。

「……好吧，就這麼辦。這樣能帶來緊張感，對隱瞞我們的關係會有幫助……順便問一下，這項規定在老爸或由仁阿姨不在的地方也適用嗎？」

「當然。此時此刻也適用。」

「原來如此。『誰做出繼兄弟姊妹不該有的言行就當弟弟妹妹』是吧。」

「每輸一次就當一次而已喔。具體上來說要如何當『弟弟』或『妹妹』，看每次的情況決定。」

「一失足成千古恨沒什麼意義就對了吧。ＯＫ，就這麼決定。」

「好，那就從現在起——開始！」

啪！結女拍了一下手——接著事情發生了。

結女迅速移動到我的書架前，大搖大擺地開始挑書。

「等……妳怎麼擅自翻我東西啊！」

「咦——？這有什麼好奇怪的？我們是兄弟姊妹呀——」

看到這女的笑得賊頭賊腦，我才終於理解到這項規定的真正概念。

只要是一般被認為兄弟姊妹之間不用計較的行為，就算擺明了在整人，也不能毫無理由就說不。因為那樣就會變成「繼兄弟姊妹不該有的言行」。

換言之……這項規定，等於是整人行為的免死金牌！

這、這女的……！原來是為了這個目的才提出這種規定！真是壞到骨子裡了！假如有哪個男的喜歡上這種性情惡劣的女人，那一定也是個天性乖僻的傢伙！

……這下慘了。

我一邊瞪著從書架上隨便拿出書本，嘴裡唸著「哦——」、「哇——」或是「哎嗯」的那個女人，內心一邊產生越來越強的危機意識。

書架被人亂翻就像內心遭人偷窺般很不舒服，但所幸我沒什麼怕被人看到的東西。頂多不過就是有點情色的輕小說罷了。

問題是……書架旁邊，那個做功課用書桌的抽屜。

那個抽屜堪稱我房間裡唯一一個潘朵拉的盒子，裡面藏了國中時期自創小說的筆記，以及出於一些原因而到藥房買來的某種東西——還有跟這女的交往時，她本人送給我的禮物！

一想到那個東西有可能被她找到——

『天啊，你還把這種東西留在身邊喔？該不會是還對我有意思吧？什麼——？拜託不要這樣好不好——！很噁耶——！』

——絕對不能被她找到。

再這樣下去，結女的興致遲早會移動到書桌那邊。得在那之前設法吸引她的注意才行。

而且必須是以繼兄弟姊妹來說極其自然的行為！

我動員所有腦細胞尋找突破口。也許這是我自高中入學考以來最用腦的一次。

努力沒白費——我想到這個「兄弟姊妹規定」的另一個運用法了。

「——拜託別這樣。」

從我口中流露的脆弱聲調，讓結女晃動著黑髮轉過頭來。

我從床邊站起來，走到她身邊。結女的神情染上困惑之色，抬頭看我的臉。

「我再也不想跟妳這樣，互相仇視了……」

「咦……」

結女微微睜大眼睛。眼眸中，映照出我嚴肅的表情。

「妳對我不滿意的話我願意道歉，也不會出現在妳眼前。所以……別再繼續下去了。」

我把手放到結女肩膀上，用我最認真的語氣告訴她。

結女視線四處游移，然後再度抬眼，瞄一下我的眼睛。

一雙大眼睛細微地蕩漾。她迷濛地注視著我的臉，困惑之色漸漸消失。

最後她的眼瞳看著我不苟言笑的表情，慢慢聚焦——

「……………伊理戶同學…………」

「好，出局。」

「咦？」

面對愣愣地張嘴當場僵住的結女，我不懷好意地衝著她笑。

「兄弟姊妹不會用姓氏相稱。」

啞然無言的結女，臉龐就像泡了茶包的熱水一樣，逐漸染成了紅色。

故意讓對方想起過去的關係——看來她終於發現了，這才是這項規定的必勝法。

「你……哪、哪有這種的……那你不是也出局嗎！」

「哪裡出局了？不想跟妳互相仇視，不是再正常不過了嗎？因為我們是兄弟姊妹嘛。」

「啊啊啊啊啊……！嗚嗚嗚嗚嗚嗚……！」

我心滿意足地低頭看著面紅耳赤、懊惱地抱著頭的「繼妹」。

「好了……按照約定，就讓妳當當我的繼妹吧？」

「什……你想幹嘛……！」

「幹嘛抱住自己往後退啊。妳把繼妹想成什麼了？」

我是有打算盡情羞辱她一頓，但可不會失了分寸。下次再讓她當貓耳繼妹女僕吧。

「畢竟是第一次，就單純點吧。把稱呼方式改過來。」

「改……改成怎樣……？」

「隨便妳。」

讓我見識見識妳這傢伙心目中的繼妹吧。哇哈哈！大快人心！（張大嘴巴猛灌紅酒）

「嗚嗚……」結女顯得極其不滿地發出呻吟，目光不知所措地四處游移，把柔弱地握起的手抓到胸前——用羞恥泛紅的臉龐，抬眼注視著我。

輕輕顫抖的微弱聲音，在我的耳畔響起：

「哥……哥、哥……」

「…………………」

我把臉別開了。

「啊，出局！你這反應算出局了吧！普通的兄弟姊妹不可能只是被叫到就害羞！」

「……我哪有害羞。」

「明明就有！你以為我看過你這種表情多少次了啊！」

「管妳的。我想妳是認錯人了吧，我是幾天前才初次見到妳的。」

「你好詐！你好詐你好詐你好詐你好詐你好詐！」

我堅持不肯把臉轉回來，面對像小孩子一樣跺腳的結女。雖然我完全沒有臉部發燙、心跳加速或是希望她再叫一次，但撇開這些不論，反正我就是沒義務把臉轉向她。

結女還在抗議，但鬧得有點太大聲了。

「結女——？妳在吵什麼呀——？」

由仁阿姨的聲音從樓下傳來，這聲音對我來說如同天外救星。我笑容滿面地誇耀勝利。

「時間到——」

「唔，嗚嗚嗚嗚……！」

「哎，妳若是學乖了，下次就別再打歪主意鬧我啦。妳可能是看太多推理小說而有所誤會了，但妳跟我這個地方的層次可不一樣。」

就是這裡啦，這裡。我用手指敲敲自己的太陽穴。

不知是因為生氣還是懊惱，結女的臉更加紅了起來，搞到最後甚至還變得淚眼汪汪。

「…………你以前，都不會這樣講話欺負我…………！」

……不要哭啦，妳這樣很卑鄙耶。

我尷尬地玩弄瀏海。

……或許是有點得意忘形了。拿讀書類別當話柄中傷對方，對我們這類人種而言是最狠的人身攻擊。我這樣跟媒體亂翻罪犯書架就胡說八道沒兩樣，嗯，或許的確是做得太過分了……

我嘆一口氣後，心不甘情不願，掙扎了老半天才伸出右手——像哄小孩一樣輕輕拍了拍結女的頭。

「好好好，是我錯了，對不起。姊——呃——老姊。」

……好懷念喔。以前每次發生什麼事我都會這樣做，然後欣賞綾井羞答答的神情——

然而，結女這時候，絲毫沒有半點羞答答的樣子。

她就像即將爆發的火山那樣，渾身劇烈顫抖——

「……………………就……」

「就？」

「就是……你這種地方！我就是討厭你隨便都能做出這種動作！你這個臭哥哥！」

結女撂下一句稀奇古怪的狠話後，一邊被書本高塔絆到腳，一邊衝出了房間。

我反應不過來，一個人被拋下。

……連以前在交往的時候，都沒看過她剛才那種反應。

「……真是……」

——我也一樣好不好？

像妳這樣——個性內斂卻又不服輸，好像成熟但又有點孩子氣……在別人沒有心理準備的時候，展現出以前從未顯露的一面——

——我就是討厭妳這種地方。

◆

從結果來說。

「……早，水斗。」

「……早，結女。」

稱呼方式還是沒變。

本來一開始就說好，違反規定時只需要當一次弟弟或妹妹就好。不然的話，就會變成互稱「姊姊」、「哥哥」的謎樣關係了。

如果要說有哪裡改變了的話——

「水斗，可以幫我拿醬油嗎？」

「喔，好的，結女。」

把醬油瓶拿給她的時候，我們的視線一瞬間產生交錯。

——我死也不要當你的妹妹。

——真巧，我也打死都不要當妳的弟弟。

這些想法盡在不言中。

我跟這女的合不來。國中的那段日子是一場錯誤，我們只不過是一時迷惘罷了。昨天的

事情帶來的收穫，就是讓我們更確切理解到這一點。

我們一同坐下來吃早餐，在餐桌底下用低踢互相招呼。身旁的老爸與由仁阿姨一副什麼都沒察覺的表情，恩恩愛愛地有說有笑。

只有我們，知道我們的關係。

知道在一個屋簷下共同生活的一家人，其實是全世界最厭惡的，不共戴天的仇敵。

……不過話說回來……

「結女，把醬油還給我。」

「好的，水斗。」

就連正在交往的時候都一直以姓氏互稱的我們，竟然在分手之後才變成以名字互稱的關係——讓我不禁覺得，老天爺這混帳也還真會挖苦人。

事到如今只能說是年輕的過錯，不過我在國二到國三之間曾經有過一般所說的男朋友。

那男的一副沒出息的長相，不怎麼注意儀容，總是有點駝背，講話一點都不風趣，可說是個完全不具備男性魅力的社會敗類——不過好吧，頭腦倒還算不笨。

然而，當時正值國二的我——既是天衣無縫的青春期，又是天下無雙的土氣女，只不過是被他稍微溫柔對待了一下，話題還算聊得來，不禁覺得有一點開心——就一下子樂得飛上天了。

真是大意失荊州。

正可說是年輕的過錯。

自從我在半夜的亢奮情緒下寫了情書，又一時興起把情書給了他之後，我的命運軌道就被一路鋪到了終點。

國中生的戀情結局，只會是「破局」兩個字。

畢竟不是在演騙小孩的少女漫畫——兩人遲早會清醒，想起現實情形，然後若無其事地

前情侶要看家
「我在自己家裡這樣，有什麼好奇怪的？」

分手。我跟那個男的也不例外，走上了這條路。

然後，我們的爸媽再婚了。

我們變成了繼兄弟姊妹，開始在同一個屋簷下生活。

雖說世事不如意十之八九，但這種厄運可不會天天找上門——一定是壞心眼的老天爺，對我們設下的陷阱。

老天爺設下的陷阱。

換言之就是命運。

雖然跟那個男的感情融洽的那段日子，早已被我摔進了腦內垃圾桶裡，然而我不得不很遺憾地承認，仍然有幾段宛如浴室霉斑般洗刷不乾淨的記憶殘留下來。

記得那是在國二與國三之間——放春假的時候。

那個男的，找我去他家玩。

——今天，我爸不在家。

因為那男的用有些害羞的聲調這樣提出，因此當時愚蠢的我即刻如此心想：

終於來了。

約會也約了，接吻也接了，那麼接下來就是——現代國中女生會有這種想法是很自然的事。絕不是我特別容易想歪，我說真的。

在那段時期，常常會聽到班上女生聊起那類話題——這是因為我們女生從那時候起，已經在開始對抗可惡的生理現象了。與那種概念之間的距離感，跟只會看著網路圖片哇哇亂叫的臭男生可不能相提並論。

我做好了心理準備。

終於要親身體驗那些只在書本中看過的知識了——我懷抱著期待與不安大約三比七的心態，有生以來第一次，成功進軍了男朋友的房間。

還進軍咧。

雖然我得承認我用了很白痴的譬喻，但我的確是懷著如此大的覺悟——不用說，前一天晚上我在網路上搜遍了「初體驗前的須知」之類的網頁，甚至還針對如何發出聲音做了一番預習。

我準備周到地進了那個男人的房間之後，第一步先尋找自己的安身之處。滿是書本的雜亂房間，頂多只有床能讓人坐。那裡？真的得坐那裡？話雖如此，就在我膽怯地磨磨蹭蹭時，那個男的輕描淡寫地說：

——坐啊，別客氣。

就這樣，結果我還是坐到了床上，但緊接著發生了一件驚人的事。

那個男的，居然一副理所當然的樣子坐到了我身邊。

我心想：

——咦……！比、比想像中還要積極……！明明平常那麼內斂！

這女的視野到底是有多狹窄？被卡車撞死滾去異世界算了。

換做是現在的我會這麼想，但很遺憾地，當時的我貪生怕死地賴在地球上不走，還開始跟那個男的聊起天來。

我完全不記得聊了些什麼。因為我滿腦子只想著什麼時候會被推倒，是不是要先接吻，還有內衣褲穿得對不對之類的事情。

那個男的只不過是換個坐姿就把我嚇得肩膀都跳起來，光只是小指頭碰到一下都讓我差點尖叫出聲。處女糗態百出的可悲時間，就這樣過了十分鐘、二十分鐘、三十分鐘……

然後又過了一小時、兩小時、三小時——

奇怪？怎麼還沒開始？

當我開始做如此想時，那個男的，終於說話了。

——已經這麼晚啦。那麼，妳……

來了。

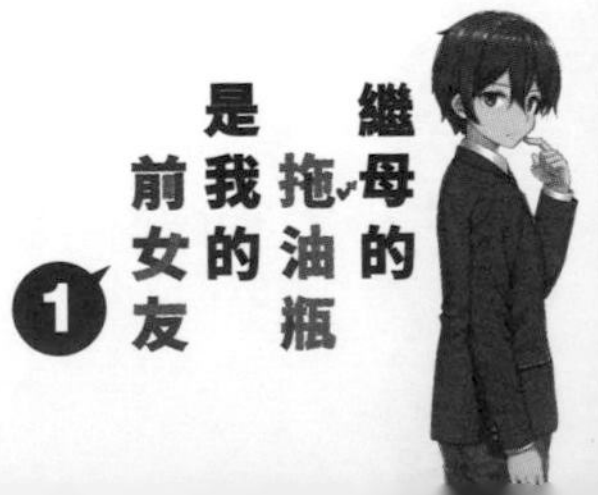

終於來了。

希望不會很痛，希望不會很可怕，希望能夠一切順利……！

——差不多該回家了。我送妳回去。

………………………

咦？

——那、那個……

——雖然很捨不得，但妳太晚回去，家人會擔心的。

就這樣，那個男的把我送回了我住的公寓。

難道是護送送上床？送我回家直接送上床？

我直到最後一刻都還在這麼懷疑，但仔細想想，我媽媽在家。他如果想做那種事，怎麼想都應該在他家做比較合適。

那個男的在公寓門廳一派自然地跟我揮揮手，一派自然地這麼說：

——今天很開心。那改天見了。

我呆呆地目送他離去——然後才終於察覺到了。

他找我去家裡玩，根本就不是為了那個目的。

只不過是想在自己的房間裡，跟我純聊天罷了。

只有我一個人，一心想要迎接成長的新階段！

——哎呀？結女，妳臉怎麼紅紅的？是不是感冒了呢～？

回到自己家裡後，媽媽還來關心我。

我連一句像樣的回答都說不出來，一個人倒在床上，被湧上心頭的羞恥感弄到想滿床打滾。

後來，大約過了一年。

直到迎接決定性的破局，我與那個男的到頭來，什麼事都沒有發生。

◆

「今天老爸還有由仁阿姨說會晚點回來喔。」

就在我總算整理好搬家的箱子，在自己房間裡優雅地品味本格推理作品時，繼弟——我說是弟弟就是弟弟——過來，慢條斯理地跟我報告了這件事。

「……是喔。所以呢？」

「什麼所以不所以……」

我的繼弟伊理戶水斗，露出一副有苦難言的臉色。

……這樣呀，我懂了。你連跟我講公事都覺得難過就對了吧？很好。

「晚餐要怎麼吃啊。」

「不要講得好像責任在我身上一樣，我又不是你媽。」

「我知道。我是因為好歹我們也要同桌吃飯，才會來找妳討論好不好——受不了，跟妳講話總是講不到重點。」

……說得好像我反應很慢一樣。

我已經改很多了好嗎？比起剛認識你的時候好多了。

瘦得活像種在避光處的綠豆芽的繼弟，原本就沒和善到哪去的眼神變得更加凶巴巴起來，煩躁地用腳尖踩地。

雖然全被一頭亂髮與鬆垮垮的衣服搞砸了，但其實這個男的，只有五官的位置像畫出來的一樣端正。這點使得本來應該好感度扣分的煩躁態度竟然顯得還挺有型的，讓我看了更是不爽。

「那晚餐我就自己隨便煮了，煮什麼也隨我決定，可以吧？」

「你說你要煮……你會做菜喔？」

「多少會一點，因為家裡一直只有我跟我爸兩個男人。至於妳——噢。」

水斗哼笑一聲，面露看不起人的笑臉。

這個男的，擺明了知道我不會做菜。以前他曾經把我做的像是工業廢料的便當吃光光，還胡扯什麼「很好吃」的謊言騙我。

「好吧，畢竟我們現在是一家人，我可以多少對妳施點恩情。妳就心懷感謝地吃吧，像頭豬一樣吃我煮的飯。」

總有一天我一定要殺了這個男的。

我將隨時可能爆發的殺意封印在胸中，盡可能露出最和善的微笑。

「這怎麼好意思呢，水斗。不能什麼事都丟給你一個人做，我也來幫忙吧。」

「免了。妳要是又做作地弄得滿手ＯＫ繃，我反而嫌麻煩。」

「我是在告訴你，我不爽單方面接受你的施捨，你這冷血男。」

「妳這冷血女沒資格說我——真是夠了。」

水斗故意嘆一口氣給我看。你以為你這樣很帥嗎？勸你還是速速去死吧。

「那，我們走吧。」

「……走？」

去哪？我偏了偏頭。

「當然是去買晚餐的菜啊——妳以為用空氣可以做飯嗎？」

這實在太離譜了。

我為什麼會跟才剛分手不到一個月的前男友，一起來到超市？

這樣豈不是跟新婚夫妻或同居情侶沒兩樣！

「呃——哦！這個很便宜耶。」

我正在煩惱這些問題時，這個前男友卻在我身邊把商品一件件丟進推車。

這個男的對目前這種狀況難道都毫無所感嗎？究竟有多遲鈍——或者說，他究竟是多沒把我當女人看？……不對，好吧，我的確不算女人，他也不算男人。我是姊姊，他是弟弟。

……不行。這樣下去就要重蹈覆轍了。只有我一個人白費力氣，只有我一個吃虧。

得保持平常心才行。

「……我看你好像都是隨便拿隨便買，你到底打算煮什麼？」

「嗯——？我也不知道。」

「咦……什麼不知道，你不是要買菜煮飯嗎？」

「所以啊，總之看到什麼菜便宜就買什麼，然後再來想可以煮什麼沒錯啊？如果先決定

好要煮什麼，那不就連漲價的菜都得買了。」
「…………有道理。」
我不禁覺得他說得有理。
這或許就是所謂的生活智慧吧……沒想到這個男的，居然還有生活力這一項長才。
這傢伙是怎樣，可以不要這麼十項全能嗎？
「就算什麼都想不到，最糟不過就是全部丟進鍋子裡放咖哩塊，大致上就會變成咖哩了。老妹啊，妳得好好理解一下『做菜』跟『煮飯』的差別才行。」
「誰是你妹了。跟你說過我是姊姊了。」
「是是是。」
……聽他說越多，當時讓他吃了超爛便當的事情就越讓我覺得難堪。可惡啊……
「哎，偶爾廚藝差或許也滿可愛的，但每天吃可就受不了了。妳還是多精進點吧。」
水斗若無其事地說出的一句話，害我的身體與思維忽然整個僵住。
……可、可愛？
這男的又在隨便亂講話了——不，可是剛才那句話聽起來像是不經思索脫口而出，也有可能是真心話——
「……怎麼了？不等妳嘍。」

不知不覺間，我竟然站在走道中間發起呆來。我急忙追上水斗，同時搖搖頭擺脫雜念。

真的，這樣下去就要重蹈以前的覆轍了。只有我胡思亂想，這個男的繼續逍遙自在，這樣太不公平了。

……我要引起他的注意。

我要讓他這張看了就討厭的臉，漲紅到像是血流滿面。

然後這次，我一定要讓這個男的叫我「姊姊」！

我心不甘情不願地跟他兩個人並肩站在廚房煮咖哩，解決了晚餐。

雖然水斗看到我拿菜刀的樣子，說：「給我等一下，看得我都害怕了！手指要這樣，這樣！」引發了未徵求我的許可就碰我手的意外事故，不過大致上一切平安——由於彼此爸媽都不在，不需要扮演感情融洽的兄弟姊妹，所以反而可以說比較輕鬆。

「洗澡水燒好了，誰先洗？」

「我先。」

「就知道妳會這麼說。」

「因為我不想泡你泡過的洗澡水啊。」

前情侶要看家
「我在自己家裡這樣，有什麼好奇怪的？」

「那我泡妳泡過的洗澡水就沒關係嗎？」

「……我還是之後再洗好了！」

因為之前有媽媽他們在，所以都沒想過這個問題，但仔細想想，我其實每天都在跟這個男的泡同一個浴缸。

那豈不是……那豈不是，有點……那個……！

……我得鎮定下來。

這樣正好。我得趁水斗去洗澡時，調整我的精神狀態。

好為了晚點進行的逆襲做準備。

「我洗好嘍。」

就在我玩著密室殺人遊戲（這是我設計的思考遊戲。假設水斗在密室內遭人殺害，然後盡量思考有哪些手法可以成立）以實現精神統一之效時，還不到十分鐘，水斗就濕著頭髮回來了。

「嗚……」

「嗯？」

……不管是誰，頭髮弄濕了看起來都會有點帥。換言之這只是一般現象，沒有特別的意義。沒有特別的意義。

「……你會不會洗太快了？有洗乾淨嗎？很髒耶。」

「別在我回答之前就先罵人好嗎？我有洗，只是嫌泡澡浪費時間罷了。」

真是個急性子……我就是討厭你這種地方。明明一開始還會配合我的步調。

總而言之，時候到了。

我收拾掉腦內的密室與水斗的屍體站起來。

「那，我去洗澡了……你敢偷窺我就宰了你。」

「不用等妳宰了我，我就先死於眼睛腐爛了。」

……看你等一下還說不說得出這種話來。

為了安全起見，我一邊頻頻瞄向房門提高警覺，一邊在更衣室脫掉衣服，進去洗澡。

媽媽他們在的時候我沒想那麼多，但是……我現在可是在有那個男人在的屋子裡脫光耶……假如現在這一刻，那個男的闖進浴室裡來，那可是叫破了喉嚨也不會有人來救我……

「…………………」

……我是覺得那個瘦皮猴做不出這種事來，但萬一真的發生了，我絕對要咬斷他的一堆地方。

我仔細洗過澡暖好身子之後，走出了浴室。然後用乾浴巾裹起裸體，拿吹風機把頭髮吹乾。

……接下來就是重點了。

我緊緊握住浴巾上打的結。

——我，沒有，帶衣服到更衣室來換。

這是為了刻意斬斷我自己的退路——下定決心要憑著背水一戰的精神，擊垮那個男的冷靜透澈的臉孔。

沒錯。我既然沒帶衣服來換，就只能這樣圍著浴巾，出現在那個男人的面前！

「…………」

鏡中，我的身體比起跟那男人談感情的時期，成長得更有女人味了。特別是胸部方面，這一年間成長到判若兩人——媽媽或是班上同學都還羨慕我呢。

露出的胸口，由於剛洗完澡而有些發熱泛紅，連我看了都覺得挺嬌豔的——竟、竟然要讓那男的看到我這副模樣……

我開始有點後悔，至少帶件內褲來穿也好啊。但是，我看不做到這種地步，恐怕無法打動那個木頭人的心。

「……好。」

下定決心後，我走出更衣室。

我光著腳走回客廳。

「我……我洗好嘍。」

「嗯——咳噗呼喔！」

水斗一看到我，馬上把正在喝的茶噴了出來，不停咳嗽。

超乎想像的反應！

我別開臉，藏起差點笑出來的表情。

「這……妳，為什麼？」

「我在自己家裡這樣，有什麼好奇怪的？」

我努力用平靜的語氣回答，在水斗坐著的L型沙發的斜前方坐下。

水斗一邊把臉轉向完全不同的方向，一邊偷瞄我好幾眼。

「不，可是……好歹我人在這裡……」

「有兄弟在又怎樣？……難道說……」

我擺出笑容，對一臉困惑的水斗拋個媚眼。

「——水斗同學，你是會用邪惡眼光看普通繼姊妹的壞孩子嗎？」

「唔……！」

啊哈哈哈哈哈哈哈哈！

臉紅了，臉紅了！你活該！

前情侶要看家
「我在自己家裡這樣，有什麼好奇怪的？」

雖然水斗把臉轉到一邊將我趕出視野，但眼睛繼續看我看不停，我感覺得到視線。那視線在頻頻偷瞧露在浴巾之外的胸口或大腿。

哼哼，是不是刺激性太強了點啊？畢竟你只認識以前那個小不隆咚的我嘛！啊啊真是太可憐了，因為只跟幼兒體型的女人交往過，所以一定是不習慣跟我這種成熟女性相處吧！你說誰是幼兒體型了。

好，我來換翹另一條腿看看吧。

「…………！」

啊！他看我了。完全看向我這邊了。超好懂的！

這個平時愛耍酷的男人，竟然如此失去平靜——哼哼哼！越來越好玩了。

我假裝要伸手拿電視遙控器，試著把胸口露給他看。

「～～～！」

啊——他在看我，他在看我，他在看我。完全在看我這一邊。

我必須非常努力，才能讓自己的臉不露出笑容。感覺不光是今天，就連一年前的恥辱都報復成功了。這個男的當時一點都沒把我當成女人，現在卻看我看得這麼目不轉睛。

這就是所謂的女性自尊嗎？感覺胸中有某個部分獲得了滿足。

……話雖如此。

但我也漸漸開始，那個……覺得難為情了。

因為他看我看得比想像中更專注……而且只要浴巾滑掉，或是大腿併攏時稍微不注意，不該露的地方就會立刻走光了。

……是說，我到底在幹嘛啊？

這根本沒得辯解，我的所作所為，不就是在勾引男人嗎……？

就算現在，這男的把我推倒，我好像也沒有權利抱怨？

「…………………」

我忽然冷靜下來了。

我想把浴巾往上拉一拉遮起胸口，可是這樣又會降低下面的防禦力。而且我怕隨便亂動會造成無可挽回的後果，所以只能僵在原處。

……我、我太得意忘形了……

為什麼我每次得意忘形，就會做這種蠢事呢……

「…………唉……」

先是聽到水斗長嘆一口氣，接著他突然間站起來，往我這邊走來。

咦，咦，咦？該……該不會，真的要……？

我捏緊了浴巾，全身緊繃到像石頭一樣；水斗在我面前，脫下了穿在身上的外套。

我的心跳漏了一拍。咦，不會吧，真的？不，等等，我、沒打算做到那種地步啊——！

正當我忍不住緊緊閉起眼睛時，我感覺到……

——有一塊布輕柔地，蓋到了肩膀上。

……咦？

「反正妳一定是想捉弄我吧，可是……妳難道不知道自己會後悔嗎？笨蛋。」

我戰戰兢兢地睜開眼睛……只見我的肩膀上，披著剛才水斗脫下的外套。

而水斗本人，正一臉傻眼地低頭看著我……

「妳喔，平常一副乖乖牌的樣子，偶爾卻會一時衝動做傻事呢……把這種壞習慣改一改吧，我可不會再幫妳了喔。」

這番話雖然粗魯，甚至帶有輕蔑口吻……

但仍然含有國中時期，幫助過我好幾次的同一種聲調。

我將帶有他體溫的外套，拉到胸前合起。

這番話語，與這份溫暖……使我的意識，不禁回到了一年前的時光。

「……一年前。」

「嗯？」

「我上次來你家時……你為什麼，什麼都沒做？」

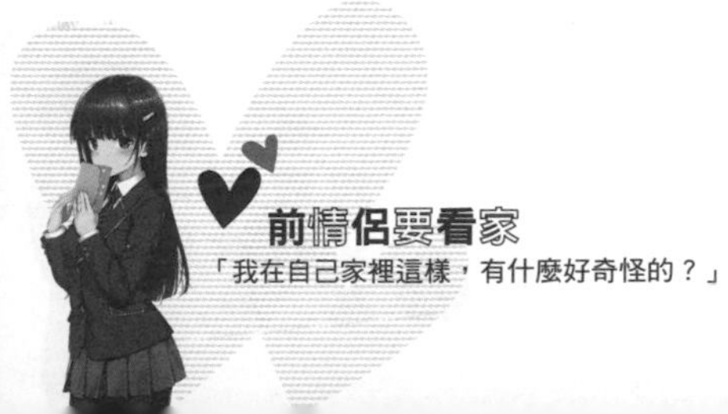
前情侶要看家
「我在自己家裡這樣，有什麼好奇怪的？」

在那之後沒多久——升上國三之後，我們的感情就開始生變了。

所以我也想過，說不定是那天，我做了什麼奇怪的事，讓他對我幻滅了。

結果到頭來，那只是我誤會了，原因完全不在那裡——

「妳……現在才來翻舊帳？」

咦？

水斗表情顯得相當意外。

就好像可恥的舊瘡疤被人挖開，滿臉的苦澀與羞恥——

「哈！妳想笑我就笑吧！」

水斗說道，好像豁出去了一樣。

「嘲笑我這個做好了萬全準備把女友叫到家裡，到頭來卻害怕得什麼都不敢做的窩囊廢吧！」

大約五秒。

我的思考停擺了。

「————什麼————————！」

然後在復活的同時，我一邊站起來一邊放聲大叫。

「準、準備？害怕？什、什……你這話什麼意思啊！我那天都做好心理準備了，可是什麼都沒發生，所以我還以為是我自作多情耶……！」

「嗄？呃，不，可是，妳那時候整個人緊繃得硬邦邦的，對我又充滿戒心，所以我越來越覺得不好意思……」

「我、那、是！在、緊、張！」

「妳說啥啊————！」

水斗也瞪大眼睛放聲大叫。

「騙我的吧！原來妳也完全有那打算要嘗試了嗎！」

「完全有那打算啦！已經決定要把那個房間變成一輩子的回憶了啦，都打定主意了！」

「真、真的假的……？那我在房間裡被後悔擊沉的那些歲月到底是……」

「我才是好不好！把我煩惱自己是不是太沒魅力的時間還來！」

「誰理妳啊——！誰教妳要緊繃成那樣硬邦邦的！」

「你才是罪魁禍首吧！你這沒用的東西！」

「妳說什麼！」

「怎樣啦！」

後來，場面整個化為難以用筆墨形容的飆罵大會。

我們不斷互相指責斥罵，到後來甚至爆發肢體衝突，在沙發上乒乒乓乓地扭打成一團。

最後體力與能罵的話都用盡了，只能上氣不接下氣地互瞪。

「……哈啊……哈啊……」

「哈啊……嗯……哈啊……」

我就這樣被水斗壓住，彼此往對方臉上大口喘氣。

真的……看不順眼。

閱讀的喜好也是，看似很合其實根本南轅北轍，動不動就互相誤會，搞到最後竟然還變成了兄弟姊妹……

「……嗚嗚……」

總覺得好想哭。

為什麼總是這麼不順利呢？

假如那天，我沒有那麼緊張的話，說不定，我們現在還——

「……打架用哭取勝是禁招喔。」

「要你囉嗦……！我知道啦……！」

我用手臂用力擦掉滲出的眼淚。

一年前的那個，老是依賴這個男人的弱女子已經消失了。

縱然那成了結束的契機，我也絕不會對成長感到後悔。

所以，我沒有錯。

是這個男的不好！全部都是！

「……我說啊，**綾井**。」

心臟撲通地彈跳了一下。

綾井。

那是我的舊姓——是國中時期，他稱呼我的方式。

我磨蹭著一雙大腿。他披在我肩上的外套，在打架的過程中不知道掉去哪。我現在只裹著一條浴巾，幾乎等於全裸。就連這條浴巾也已經被扯亂了不少，隨時有可能鬆開脫落。

伊理戶同學維持著把我壓在沙發上的姿勢，朝我伸出白皙的手。以男生來說比較纖柔的手指，把我落在額頭上的瀏海撥到一邊。

那是——我們將要做出某個動作時的第一步驟。

這樣才能看清楚當時對自己缺乏自信，怕被人看見而把瀏海留長的，我的臉龐——

他在做**那個動作**時，總是會把我的瀏海撥到一邊。

除去了遮蔽，伊理戶同學湊過來看我的眼睛。我感覺從胸中到肺腑深處好像都被他看透

前情侶要看家
「我在自己家裡這樣，有什麼好奇怪的？」

了，想用右手把臉遮住。

伊理戶同學溫柔地抓住我的右手手腕，按在我的臉龐旁邊。

直勾勾的視線訴說著「不讓妳逃走」。所以我能做的，只有開口——啟唇輕吐出軟弱的藉口。

「不……不行……規定……」

這個……完全……出局了。

繼兄弟姊妹，絕對，不會，做這種事情。

……但我說話的語氣，卻是如此的軟弱——

因為基於經驗……我知道他不會就此罷手。

伊理戶同學讓低沉的嗓音，在我的胸中迴盪。

「——今天，就當作是我輸了。」

兩人的視線相撞了。

之所以臉紅——並不只是因為爭吵消耗了體力。

意識被吸進伊理戶同學的眼瞳之中。

我變得能夠用全身上下，感受他的體溫、氣息與心跳。

不知不覺間，我闔起了眼瞼。

感覺到平靜的氣息，落在我的唇上。

……啊。

好久沒有，與他接吻——

「我回來嘍——！」

玄關一響起聲音的瞬間，我們整個人「登——！」地跳了起來。

「水斗——！結女——？你們在客廳嗎——？」

是、是媽媽他們……！這麼快就回來了？

「靠……！已經這麼晚了！」

水斗一邊急著從我身上離開，一邊看了一下時鐘。

天啊……！時間過得這麼快。我們到底吵了多久啊……

「喂！快把衣服穿上！這個狀況太糟糕了！」

幾乎全裸的我，與衣衫不整的水斗，在沙發上交纏——這就是目前的狀況。

的確，雖然我們在媽媽他們面前扮演著感情融洽的兄弟姊妹，但還是得有個限度。要是他們以為我們的感情沒那麼單純，從各方面來說都會慘到不行！

「可、可是，我沒拿衣服來換……」

「啊，對喔。如果出去拿衣服的話……啊啊，該死！那就躲起來！我看看我看看——有了，這裡！」

「嗚呀啊！」

水斗把我推落到地板上，掀開沙發的整個座面。原來是具有收納空間的款式。

「好啦，進去！快點！」

「等、等一下！不用這樣推我，我自己會……！好痛！你踢我！你剛才踢了我對吧！」

「不准說話，明白嗎！」

水斗把我塞進沙發內的收納空間後，蓋上了座面。

我的視野變得一片黑暗。

『——嗯？水斗你一個人啊。』

『我怎麼覺得好像有聽到結女的聲音……』

『你們回來了，爸、由仁阿姨。結女她先睡了——』

聽到水斗向媽媽他們掰謊話的聲音，我不禁想起了剛才的事。

剛才……假如，媽媽他們沒回來的話……

我……剛才做了什麼……？

「……嗚嗚嗚嗚……！」

太奇怪了。這太奇怪了！

我們已經分了。我已經討厭他了。他已經成了做什麼都讓我生氣的討厭繼弟，不是什麼男朋友！但我卻……我卻……！

我按住怦怦狂跳的心臟。

為什麼總是這麼不順利？

好不容易才結束了那段感情——好不容易才解脫了。

我卻跟他做了兄弟姊妹，還勾引他，到現在才發現原來我們半斤八兩！

「……啊啊，真是夠了……！」

我就是討厭你這種地方啦！

◆

隔天，我行使了贏家的權限。

前情侶要看家
「我在自己家裡這樣，有什麼好奇怪的？」

「你說過當作是你輸沒關係對吧，水斗同學？」

「……好吧，我是說過。但那應該算是被妳逼著說的——」

「事情就是這樣嘍，小弟弟。這是姊姊的命令，你離開房間一下。」

我把水斗趕出他自己的房間後，開始搜查住宅。

昨天水斗說過「一年前找我來家裡時，做好了萬全的準備」……既然這樣，就表示一定有那個東西。找不到就算了，但如果東西還在就非得處理掉不可。

我本來打算從床底下到書架後面全部翻一遍，沒想到一開始翻抽屜就找到了我要的東西，不禁覺得有點掃興……不過照那個男人的個性，的確是不會用什麼莫名費工夫的方式藏東西。

我拿著找到的東西，離開水斗的房間。

在走廊上等候的水斗，用一種好像死掉之後放到臭掉的魚一般的眼神望向我。

「妳到底想找什麼？」

「『姊姊』呢？」

「……老姊。」

「我在找繼姊弟不需要的東西。」

我把包裝上寫著一打十二個的小盒子藏在背後，一臉若無其事地說道……竟然買一打，該說是意外地精力旺盛嗎？呃——那個……只是碰巧買到一打的對吧？沒有規定非得一次用完對吧？應該吧。

我與水斗擦身而過時小心不讓他看到，走向通往一樓的樓梯。

一個沒禮貌的聲音從背後叫我，我只轉頭看向他。

「喂，老姊。」

「什麼事，我的弟弟水斗同學？」

「所謂的繼兄弟姊妹——」

話講到一半，水斗別開目光含糊帶過。

「——算了，沒什麼。」

我用鼻子哼一聲，走下樓梯。

我走向放在玄關的垃圾袋，把小盒子扔進裡面，滴水不漏地綁緊袋口。

再來只等倒垃圾的日子拿出去丟掉就處理完畢了。這下作為兄弟姊妹不該有的錯誤，就絕不會有機會發生。

我呼一口氣，看看玄關的大門……然後回頭往樓梯上看。

即使知道他聽不見，我仍然回答：

「……這點常識，我當然知道了。」

但是，這點小常識，派不上任何用場。我有說錯嗎？記這種常識也沒用。知道也沒有任何生產性……更沒有絲毫說出口的意義。

所以，他沒說出口。

所以，我也不會說出口。

說出繼兄弟姊妹能夠結婚——這種無關緊要的小常識。

事到如今只能說是年輕的過錯，不過我在國二到國三之間曾經有過一般所說的女朋友。

每個人都有一段過去，這話說得有道理，即使是像我這樣陰鬱地回首往事的冷硬派，也有過不懂事理的青澀時代。

例如國二下學期的第一天。

那天，我帶著近年罕見的惺忪睡眼，從床上慢吞吞地爬起——對現在的我而言，要解釋睡眠不足的原因會讓我痛悔不已，即使對當時的我而言也是極其羞恥的事，不過讓我含羞忍辱地解釋的話，原因出自前一天發生的事情。

綾井結女向我告白了。

我當場看了她親手交給我的情書，當場做了回覆——更正確來說，或許是「不慎回覆了」，但總而言之，從前一天起，我就正式成了有女朋友的身分。

這輩子的第一個女朋友。

即使心情多少變得浮躁一點，情緒亢奮一點，沒特別理由就在床上翻來覆去到天亮，

也可以說是相當自然的事——絕不是因為我覺得現實比夢境更美好而變得不想進入真正的夢鄉。只不過受到生理性的自然現象影響，喪失了寶貴的睡眠時間罷了。綾井真是罪無可赦。

總之，那是我交了女朋友之後的第一個早晨。

而且也是僅此一次的國二下學期的，僅此一次的第一天早晨。

我急忙梳洗完畢，奔出家門。

並不是因為我覺得連入學典禮都遲到不是件好事。而是因為我跟人有約。

在日後將成為初吻地點的上學路交叉口，一個綁辮子的嬌小女生把自己的書包提在膝蓋前面，正在等我。

綾井結女。

就是我的女朋友。

——抱、抱歉！我睡過頭了……！

——沒、沒關係……還不會遲到……

當時的綾井講話還很笨拙，就連跟我講話的時候都會結巴。真不明白這張嘴後來怎麼會變成那個滿口惡言的可恨臭嘴，一想起來就生氣，不過這個問題現在先擱一邊。

綾井偷偷抬眼瞄一下我的臉，然後露出一絲微笑。

——該不會是……昨天，沒睡好？

——呃，嗯……對啦，有點……嗯。

——……這樣啊……

綾井一邊用手指玩弄長長的瀏海，一邊不動聲色地調離目光，悄悄染紅了臉頰，用好像會被風吹散的小小音量呢喃：

——我、我也是……昨天，完全，睡不著……

畢竟當時的我愚蠢至極，這段對話竟把我迷得神魂顛倒。心臟撲通撲通地跳，舌頭變得比綾井笨上五倍，簡直像是忘了上油的機器人。

我們一邊有一搭沒一搭地聊著算不上聊天的閒話，一邊並肩走在上學路上。彼此的距離大約只隔半步，貼近到走路時晃動的手背都快要碰在一起了。

既然已經是一對了，也許我可以跟她牽手。

但昨天才剛告白，這樣或許太急躁了。

總之我滿腦子想著這些事情，但對於直到前一天連指尖稍微碰到一下都當成珍貴記憶的死白痴處男來說，牽手這回事的難度實在太高了。

一回神才發現，學校已經在五十公尺外的前方了。

而且也開始看到一些其他零零散散正要上學的學生，就在我依依不捨地心想，啊啊，這麼快就要結束了——哈哈哈，我看你的人生才該結束吧——的時候，綾井鬼鬼祟祟地東張西望起來。

——啊……可不可以……就在這裡……

——咦？

——一起，進教室……我、我會害羞……

聽到綾井用幾不可聞的聲音這樣說，我一時不察竟然覺得她好可愛，這決定了我的命運——從這個瞬間起，我與綾井的關係就變成了不可告人的祕密。

假如這時候，我們倆光明正大地一起踏進教室，盛大地宣布我們已經開始交往了的話，或許我就不用為了奇怪的獨占欲鬧彆扭，綾井也不會跟我無理取鬧——更進一步來說，也許我們就不會分手了。

後悔也來不及了。

我們既不是芳山和子也不是菜月昴，再怎麼妄想那些如果要是的話，也只不過是在玩想像遊戲罷了——可是，對，所以就把它當成想像遊戲，讓我說一句。

如果，假設……

那天，我與綾井就那樣一起，一路走進學校的話呢？

……縱然是我這樣的冷硬派，也萬萬沒料到這個「IF」會有實際上演的一天。

◆

我這輩子當中最可恨的一段時期——升上高中之前的春假，終於要結束了。

這件事本身雖然值得真心祝賀，卻有一個全新而巨大的問題擋在我面前。

「…………」

「…………」

我一碰上從洗手間現身的繼妹——伊理戶結女，就一言不發地跟她互瞪。

我們眉頭緊皺瞪視的，正確來說是雙方身上的制服。

制服有著深藍底的西裝外套，採用給人假認真印象的穩重款式設計。紅色領帶或是緞帶都是一年級新生的象徵。

我與結女，穿著同一所高中的制服。

講到這裡，就不能不提到僅次於我跟這女的變成兄弟姊妹的，老天爺設下的另一個悲劇性陷阱。

去年，當學生正式開始為考高中做準備時——我與結女的感情，已經走入了僵局。

當然，我們完全沒商量過要怎麼填志願。我反而還為了避免跟她念同一所高中，而把我們那所國中完全沒有過升學實例的私立明星學校排在第一志願。

雖然單親家庭出身的我也得擔心學費問題，不過這點只要通過特待入學考就解決了——聽說這女的也是單親母女家庭，我認定只要考上這所高中就絕不會跟她重逢，於是努力K書準備考試。

然後我成功了，考取了特待生資格。

跟結女一起。

……沒錯。

這女的跟我，完全是同一個想法。

她一心只想著不要跟我念同一所高中，於是選了我絕不可能去念的高中當志願，讀書衝刺準備考試。

結果，達成了同一所國中占據兩個稀少特待生名額的壯舉。

當我們倆被一起叫去教職員辦公室，受到「你們是本校的驕傲！」的讚美時，各位能理解我那種絕望嗎——坦白講，受到的打擊比沒考上更大。打擊太大，害我只能一直陪笑臉。

世界上有不少情侶為了想念同一所學校而用功，但是以絕不想念同一所學校的心情為動力用功的情侶，鐵定只有我們了——而且結果還是得念同一所高中。這下稀有度就更高了。

該死的老天爺。

……不，關於這點只能怪我們白痴，沒有好好把事情查清楚。

就這樣，對我們來說，光是對方跟自己穿著同一套制服，就足以成為憎惡的對象。

「……那件制服，你穿起來一點都不好看。」

結女用冰冷的聲調與陰暗的目光說了。

「……妳才是。尤其是百褶裙，妳穿起來特別難看。」

我用酷寒的聲調與黑暗的目光說了。

「制服大多不都是百褶裙嗎？」

「我說錯了。妳根本不適合當高中生。」

「喔，是嗎？你才是不適合當人類呢。」

「那妳就是不適合待在地球上。」

「那你就是不適合待在太陽系！」

「那妳就是不適合待在銀河星系——！」

然後我們概念一路擴大到宇宙甚至是三次元的不適合爭論，被一位從客廳探出頭來的女士打斷了。

「哎呀～！你們倆穿起來都好好看喔！」

正是我的繼母由仁阿姨。

比平常更朝氣蓬勃的由仁阿姨，硬是讓氣氛險惡到最高潮的我們倆站在一塊，一張娃娃臉開開心心地不住點頭。

「明星學校的制服就是不一樣呢～！你們倆真的都好棒喔！竟然能考上那麼難的高中！不愧是我們的小孩！」

……我們即使互相罵對方穿制服難看，卻絕不說「你去念別的高中啦」是有原因的。

因為我們的爸媽，對於我們考取高中的事情非常高興。

我與結女的家境有些相似——所以彼此都知道這點是碰不得的，不用說也感覺得出來。

「有了，來拍照吧！來，你們倆靠近一點！」

別開玩笑了。

我是很想這麼說，但看到由仁阿姨興致勃勃地拿好智慧手機的開心神情，我一個繼子實在不好意思潑她冷水，而親女兒結女似乎也是同樣的想法。

我們並肩站好，把笑容掛在臉上，拍下照片。

不得不說我裝笑臉真是越裝越專業了。人類的適應力真強。

「——呵呵。像這樣一看，你們還真有點像一對呢？」

我正在沉思時忽然來這麼一招，嚇得我心臟一跳。

……要不要緊？有沒有顯露在臉上？

「媽妳在說什麼啦，我們不是才剛認識嗎？」

結女一邊平靜自若地說，一邊踢我的小腿一腳。看來是顯露在臉上了。

「可是妳看嘛，結女妳長得像我，水斗又長得像小峰不是嗎？我是在想假如我們是高中生的話，或許就是這種感覺吧～」

「……不要拿小孩來曬恩愛啦。更何況我哪裡長得像媽了？」

「對不起嘛。」

小峰指的是我爸，本名伊理戶峰秋。

「你們倆先去車上好嗎？我們打點好之後馬上就過去。」

留下這句話，由仁阿姨就回客廳去了。

今天是入學典禮。不只我們兩個新生，身為監護人的老爸跟由仁阿姨也會來學校——各位認為這代表什麼意思？

「……唉。」

「不要唉聲嘆氣，會傳染給我的。」

「這怎麼能不嘆氣？如果只是考上同一所高中的話，至少還能裝做互不認識的說……」

那所高中沒有人認識我們。

所以，我們本來大可以假裝成陌生人。

誰知道，我們竟然成了兄弟姊妹，被迫跟同一對父母坐同一輛車，一起上學去。

在這種條件下要假裝成陌生人，難度實在太高了。

「那麼，晚點見嘍——」

「水斗——要多認識朋友喔——」

到了學校，經歷過校門前拍照等大致上的通過儀禮之後，我們暫時與老爸他們分開。在入學典禮之前要先去教室，跟班上同學還有級任老師見面。

我們事前已經接到了分班的通知。學校似乎是以入學考的成績分班——換言之就是幾乎不考慮家庭問題，所以我們理所當然地被分到了同一班（一年七班）。我已經不會為這點小事唉聲嘆氣了。

老爸他們一走，「嗯——」結女立刻伸了個懶腰。

然後……

「臭宅男。」

「臭狂熱分子。」

「瘦皮猴。」

「矮冬瓜。」

「我現在不矮了！」

「在我心目中妳還是一樣矮。」

我們釋放了累積在心裡的惡言惡語。不適度發洩一下的話會爆炸，所以是必要的措施。

我們走進校舍，往一年七班的教室前進。

「所以，怎麼辦？」

「什麼怎麼辦？」

「妳打算就這樣一起進教室嗎？」

「反正我們同姓，注定會引人注目啦。就看開點吧。」

「……跟以前那麼怕羞的傢伙簡直判若兩人呢。」

「你有說什麼嗎？」

「沒有。」

的確，也許在意太多會適得其反。

我們找到七班後，從前門光明正大地進了教室。

視線聚集到我們身上。教室裡已經集合了大約二十名學生，正在拚命挑選貨色……不對，是朋友。

根據貼在黑板上的單子所示，我的座位在窗邊的最前排。

由於我與結女都姓「伊理戶」，座位必然是一前一後——「Mi」的我坐前面，「Yu」的結女坐後面（註：日文五十音順序）……我對於結女坐我後面有種不祥的預感，但姑且先坐下再說。

——砰！

「好痛！」

她從後面踢我椅子。

也太不辜負期待了吧！

我轉頭瞪她，凶手卻一副故作正經的樣子眺望窗外。這女的……

恐怕要再等一個月，才會換座位吧。這段期間內，我將被迫在背後隨時受敵的狀態下上課。這真是太吃虧了，得盡早研究對策才行……

很多班上同學，都在遠遠觀望我們的這種情形。

「……妳還有閒情逸致踢我椅子？」

「我不懂你在說什麼。」

「妳不趕快交朋友沒關係嗎，高中出道小姐？」

「你說誰高中出道？」

這傢伙在國三時還帶有一點土氣的印象，現在的她幾乎已經變了一個人——有了成長，外在內在都變了。換言之，她跟暑假結束時給我情書的那個綾井結女簡直是兩個不同的人。

她在這種狀態下進了只有我一個熟人的高中，不是高中出道是什麼？

「用不著你來為我擔心，水斗同學。」

結女用一種瞧不起人的表情微笑了。

「我有必勝法寶。」

「伊理戶同學，妳之前念哪所國中呀？」

「就只是很普通的公立中學，沒什麼好誇耀的。」

「妳平常喜歡做什麼？」

「閱讀吧。抱歉不是什麼有趣的興趣。」

「聽說妳是入學考榜首對吧！妳用功了多久呀？」

「我是很想說沒多久啦，但其實是用功到廢寢忘食，到現在都還有種解脫感呢。」

一群人在我背後笑語喧譁。

……伊理戶結女，入學第一天就登上班級階級制度的頂點。

入學典禮結束後我們回到教室，結束了簡單的班會後，事情就發生了。剛才還在遠遠觀望的班上同學，忽然都像找到砂糖的螞蟻一樣簇擁過來。

沒錯，就是入學典禮。結女所說的什麼法寶，就在典禮上發揮了功效。

原來這女的——是新生代表。

這件事等於證明了她是榜首。在這個無可懷疑的明星高中當中，這件事實將成為一大強項。原來伊理戶結女並不是需要忙著到處交朋友的賤民。

然而，對我來說，這種事根本不重要。

可惡啊……！

為什麼這女的成績比我好！可惡啊……！

看來在新生代表此一頭銜的光環之下，不知為何與她同姓的我，整個存在被徹底蓋過了。這樣正好。我像是被擠出人潮一般從座位上站起來。

既然入學典禮與班會都結束了，繼續待在學校也沒事做。去跟老爸他們露個臉，就早早走人吧。

反正又不是非得跟這女的一起回家才行——又不是情侶。

「…………」

感覺結女好像偷偷看了我一眼，但八成是我弄錯了。

哼。

恭喜妳有機會交到一大堆朋友。

我窩在自己房間裡看書，看著看著太陽就下山了。

覺得口渴，下樓想找點飲料喝時，大門正好打開了。

「我回來了。」

是結女，就她一個人。老爸他們早就回來了——因為從入學典禮結束到現在，已經過了好幾個鐘頭。聽老爸他們說，班上同學找結女去參加懇親會，她就去了。

真是成功的首度亮相。跟以前連上體育課都沒人一組的傢伙簡直判若兩人。

結女沉默地沿著走廊走過來，與我擦身而過時咧嘴露出得意的笑容。

「有沒有很寂寞？」

「……嗄？」

見我皺起眉頭，這女的嗤嗤竊笑起來，令人看了相當不爽。

「我以後沒辦法整天陪著你了，對不起喔？」

「……無所謂，別客氣。祝妳每天回ＬＩＮＥ回到忙不過來。」

「我會的。」

結女泰然自若地說完，就上樓去了。

……嘖。憑什麼我得為了這種事看她得意的嘴臉？

我倒想問問她，我有什麼理由需要覺得寂寞？

被弄得一整個想不通之後，到了第二天早上。

「伊理戶！你以前念哪所國中？」

「……沒什麼，就普通的公立。」

「平常喜歡做什麼？會打電動嗎？」

「我不太玩電動……」

「入學考考得怎樣？畢竟是伊理戶同學的兄弟，一定很聰明吧？」

「自己是覺得考得還不錯……」

為什麼啊。

為什麼現在換成我被圍堵？

真是怪事一樁。早上我只是照常來學校，就忽然變成這樣了——不只如此，我與結女是繼兄弟姊妹的事已經傳開了。那女的，該不會是在什麼懇親會上大嘴巴了吧？雖說被大家知道是遲早的事……

我大概從母親在分娩室把我生下來的時候以來，就沒被這麼多人包圍過了。而且此時包圍我的男生人數，看樣子應該遠遠多於當年的婦產科護士或醫生。

連珠炮般來襲的追問搞得我差點頭暈眼花。那女的，應付這種近乎拷問的場面竟然能那麼得心應手？她是受過訓練的特務嗎？

正當我就這樣被弄得奄奄一息時，與我錯開上學時間的結女進到教室來了——她一邊跟女生們打招呼，一邊看到被包圍的我，悄悄動了一下眉毛。

然後，她把書包放在我背後的座位上坐下後……

——砰！

她踢我的椅子。

為啥啊。

這正是所謂的禍不單行。

可能因為是明星學校的關係，第一天上課就已經沒在客氣了。一整天足足有六堂課，上課內容也不會只是課程說明會。不過，比起近乎拷問的逼問攻擊，這簡直就跟天堂沒兩樣。上課最棒了。

一到午休時間，我馬上溜出教室，逃之夭夭。

到了開始上課的時間我才知道，那群拷問官，一半以上都是別班的——所以需要一點時間才能聚集過來。這段空檔正是機會。

我把自己關在廁所馬桶間裡避風頭。廁所是乾淨的西式，比想像中舒適。私立超強的。

真是，不過話說回來，我怎麼會忽然變成大紅人？——又不是被網路新聞報導的推文，我有什麼能爆紅的要素嗎？

硬要舉出什麼的話，應該只有我與伊理戶結女是繼兄弟姊妹這一點吧——

『你中午還要去嗎？』

『去啊去啊。我絕對要跟她當上朋友。』

忽然間，馬桶間外面傳來了聲音。

原來不是只有女生才會在廁所聊天啊。真是太令我驚愕了。

『那個女生啊——超正的。而且入學考還榜首，簡直學霸女神嘛？』

『真的，你說得對。我看到ＬＩＮＥ轉傳的照片就對她一見鍾情了。』

入學考榜首？……他們在說那女的嗎？

竟然說那女的正……你們該去看眼科吧？

『所以你就黏著她繼弟不放？不會直接去找她啊。』

『她絕對會嫌我煩的。就這點來說，如果經由弟弟認識她不是比較自然？』

…………嗄？

『一堆人都跟你同樣想法就是了。』

『可是她那個小弟，感覺蠻陰沉的耶。都聊不起來。』

『應該是因為你太煩了吧——？』

『啊！你很毒耶～噗哈哈哈哈——』

……喔，這下謎題解開了。

換言之，我是他們別有用心接近結女的墊腳石就對了。

原來如此喔？

我走出了馬桶間。

「嗚哇！」

「嚇我一跳……」

我無視於那些吃驚的男生，逕自離開男廁。

「……咦？剛才那個人是……」

「啊——」

來到走廊上，很快就有好幾個男生湊了上來。

或者應該說，來巴結我了。

面對這些卯起來找我說話的傢伙，我想都沒想就隨口回話應付他們。

——假如是純粹為了做朋友而來找我說話，我多少也會認真一點跟他們相處。

但是，假如不是的話——那麼連讓我開溜的價值都沒有。

當晚——吃完晚飯，我在廚房洗自己用過的碗筷時，結女似乎也跟著吃完了，站到我的身邊來。

有一段時間，只聽見嘩啦啦的水聲——結女低喃般的輕聲說：

「……你都不覺得氣惱嗎？」

「氣惱什麼？」

我一反問，結女皺起了眉頭，好像顯得很焦急。

「你明知故問。」

「妳是說那些擠在我身邊的傢伙？」

「對。」

不愧是女生，消息真靈通。

「他們……根本沒把你擺在眼裡。」

「我想也是。」

「他們不敢直接找我說話，就想從乍看之下是個乖乖牌的你這邊下手……可是如意算盤一落空就開始亂講些有的沒的……我很不喜歡那種人。」

「我才不管妳怎麼想呢。那種人別去理他就好。海底撈月，瞎子點燈。身為明星學校的學生，這點成語總該知道吧。」

「可是，這樣的話你豈不是……！」

結女語氣強硬地開口，但說到一半就打住了。

洗碗的雙手，不知何時已經停了下來。

我也停止洗碗。

水龍頭的水繼續流個不停。

「……我怎麼樣？」

我平靜地反問。

結女有好一段時間既不說話也不洗碗，不久之後，才繼續用菜瓜布刷碗盤。

「…………沒什麼。」

隔天。

升上高中第三天的早晨——昨天我跟結女應該已經說好要錯開時間上學，但合約簽訂後才過了一天，她就不守信用了。

「今天我們一起上學吧，水斗同學。」

好嗯！

她溫柔的聲調害我反射性地這麼覺得，但她是趁吃早餐時當著爸媽的面提起，我沒辦法冷漠對應。

「你們感情真的好好喔～」

「哈哈哈，就讓人家教教你怎麼對待女生吧，水斗。」

結女這傢伙笑得甜滋滋的。擺明了是看準我無法回絕，才會在爸媽面前做這種提議。

她是什麼意思？

我疑惑的視線，被毫無破綻的微笑反彈了回來。

我只好不情不願地，跟她兩個人一起走出家門。

我一邊走在上學路上，一邊用充滿戒心的眼光瞪著結女，但她本人卻若無其事的樣子。腦袋裡到底在想什麼啊……

我一路心裡發毛，走到離校門只有五十公尺的地方。附近有越來越多正要上學的學生。

……記得以前，我們差不多就是在這裡分開的。

我不知道她在打什麼鬼主意才會說要一起上學，但這女的總不至於說要兩個人手牽手一起進教室吧，那就在這裡——

這時，我的思考停擺了。

問我為什麼？

我才想問咧。

為什麼，這女的——一派自然地把手臂纏到我的手臂上來？

「嗄？等、等……！」

「好了啦。」

結女用呢喃般的音量說完，就挽著我的手臂逕自向前走。我只能被她拖著走。

感覺得到大家在看我們。這是當然的了，因為身為話題人物的新生代表，居然一大早就跟男生勾著手臂走在路上！

我、我說真的，這女的到底在想什麼啊！竟然故意秀給大家看，連正在交往的時候都沒這樣做過啊！

可怕的是，結女就這樣纏著我的手臂通過了校門——校園內當然有更多的學生，因此讓我感到如坐針氈。就算不是我們，哪對男生女生勾著手臂來上學都一定會引人注目的啊！

「嗨，這不是水斗同學嗎——！」「我們今天也一……起……？」

跟昨天一樣，想追結女的幾個男生圍了上來——然後忽然停住了。

怪不得他們。

因為他們想親近的正妹本尊，與本來只是個墊腳石的我，親近到非比尋常的地步。

結女勾著我的那條手臂，頓時加重了力道，使得我們的身體貼得更近——啊啊，該死！碰到胳臂了！太軟了吧，笨蛋！一個矮冬瓜妹發育這麼好要幹嘛！

「抱歉嘍？」

結女笑容可掬，面露讓人一個不注意就要被迷倒的美麗微笑。幾個男生都看呆了。

「就如大家看到的，我正在跟水斗說話——可以請你們別來打岔嗎？」

幾個男生瞠目結舌，手指在我與結女之間來回。

「伊理戶，同學……？」「這、這是……」「你們倆是……兄弟姊妹，對吧！」
「是呀。」
就在這一瞬間，結女的微笑達到了冷豔的最高峰。

「抱歉，我就這麼戀弟。」

我當場當機。
幾個男生自動關機。
周圍看熱鬧的氣氛快速升溫。
「那麼，就這樣了。」
結女拋下一句話給完全當機的幾個男生臨門一腳，就拉著我離開了。
一直要等到進了校舍，結女自然地鬆開她的手臂，我才從當機狀態恢復過來。
「妳、妳這……妳怎麼敢做出這麼可怕的事啊！」
「怎樣啦？這樣那些傢伙就不會再接近你啦。」
「這還用得著妳說嗎！」
因為妳這個真正目標，已經向眾人宣布妳只對繼兄弟有興趣了！

「不用擔心，我會跟比較要好的朋友解釋清楚的。」

「問題不在這裡吧！妳好不容易建立起來的形象……！」

「……因為，你好歹也是我的家人啊。」

結女迅速別開視線，輕聲低喃著。

「我無法坐視家人被人看扁。就這樣，沒別的意思。」

……這傢伙……

啊啊，真該死——受不了。妳用這種態度回答我，要我怎麼用玩笑話帶過？

我壓下少許的猶豫——盡可能坦率地，表達自己的心情。

「——謝謝，妳幫了我一個大忙。」

只不過是這樣一句話，就讓結女嚇得肩膀抖動了一下。

這不是接受人家謝意的傢伙該有的反應吧。

「怎樣啦。我都老實跟妳道謝了耶。」

「……沒怎樣啦！」

結女把整張臉扭到一邊，想一個人走去教室……但她突然轉過頭來，死瞪著我的胳臂。

「…………剛才那個……」

「嗄？」

「剛才……那個，我……貼在你胳臂上的感覺，你必須從記憶中抹消掉！」

「喔……」

我反射性地，摸了摸剛剛才被這女的用胸部按住的地方。

「～～～唔！」

霎時間，結女的臉變得像警示燈那麼紅，遮起了自己的胸部。咦？怎麼了？

「……唔！你這個……悶騷色狼！」

拋下無中生有的一句惡罵，結女就跑走了。

幹嘛忽然罵人啊……我感到一頭霧水的同時，沒多想就揉了揉胳臂。

——啊。

「所以這算間接碰觸嗎？」

我都沒想到。

◆

結束了風起雲湧的早晨與一派和平的上午課程，午休時間有個男生來找我攀談。

「嗨嗨，午安啊，伊理戶水斗同學。要不要一起吃午飯？」

沒想到居然有強者能撐過那場弟控宣言，我不耐煩地抬起頭來。

這個男同學給人一種輕佻的印象。就讀校規嚴格的明星學校，卻挑戰底線地把顏色明亮的頭髮燙成微捲。個頭算高，體格像是會打籃球的那種人。掛在臉上別有用心的淺笑雖然看了有點討厭，不過整個人散發一種輕浮與認真取得平衡，又多少比較偏輕浮的絕妙氣質，我看一定很受女生歡迎。

……昨天那些死纏爛打的傢伙當中，有這麼一號人物嗎？但總覺得有點眼熟，也許是班上同學。

總之不管怎樣，我能說的都一樣。

「……抱歉，我必須給你兩個回答。」

「說來聽聽唄。」

「首先，午飯我已經吃過了。」

「那真是遺憾。」

「其次——我絕不會讓你這種一副輕佻樣的傢伙接近結女。」

遭到我徹底拒絕的輕佻男同學，不知為何咧嘴露出了令人不快的笑臉。

——是怎樣？

「那麼作為回應，我也來告訴你兩件好事吧。」

「…………？」

「首先，我不是為了親近伊理戶同學才找你說話。」

「…………！」

「其次——本人好像聽到你剛才說的話嘍？」

男同學的手指，動作俐落地指向一旁。

結女似乎是剛吃完午餐回來，就站在我們旁邊。

…………呃呃。

我回顧一下方才從自己嘴裡冒出來的話。

——我絕不會讓你這種一副輕佻樣的傢伙接近結女。

…………………我她男朋友啊！

我很想認為結女的臉看起來比平常更紅是因為燈光的關係，但她目光四處游移卻是無法忽視的事實。

結女用一種令我懷念的鬼鬼祟祟動作，雙手毫無意義地亂抓空氣之後，以彷彿機器人般的不自然動作，坐到我後面的座位。然後……

——砰！砰！砰！

她踢我椅子，而且是好幾下。

「噗哈哈哈哈哈哈哈哈哈哈！」

不知其名的輕佻男同學，不知為何爆笑了起來。我遭遇到家暴有這麼好笑嗎？

「哎呀～哈哈哈！跟我想的一樣。我的嗅覺果然是對的！」

「啥？嗅覺？」

「沒什麼沒什麼，跟你沒關係。」

男同學擦掉眼角的淚水（笑得太誇張了吧），向我伸出手來。

「我叫川波小暮，是第一個來跟你單純做朋友的男人。」

「……坦白講，我覺得你可疑到爆炸。」

「別這麼說嘛，兄弟。」

「我不記得有跟你變成兄弟。」

「這就怪嘍？你不是很擅長跟陌生人做兄弟姊妹嗎？」

「反而應該屬於不擅長的那類吧。」

「這樣啊。那就折衷做個朋友吧，請多指教！」

自稱川波小暮的男同學，態度十分強硬地握住了我的手……看樣子，我似乎跟一個挺麻煩的傢伙變成朋友了。

「話說回來，我的老友啊。」

「你也太快開始裝熟了吧。」

「為了紀念我們成為朋友，我打算再告訴你一件有趣的事。」

「有趣的事？」

川波咧起嘴角，又露出了那種令人不愉快的笑臉。

「你現在轉頭看背後，可以看到超精彩的畫面喔？」

背後？我照他說的轉過頭去。

「…………………」

出現在我眼前的，是結女顯得有些鬧彆扭的表情。

她微微噘起嘴唇，視線拋向窗外的遠方。

……哦哦～？

我優秀的頭腦僅一瞬間，就計算出了現在該說的台詞。

「有沒有很寂寞啊？弟控姊。」

砰！我的椅子被踢了。

這是迄今最重的一腳。

前女友做體檢「……有股汗味。」

事到如今只能說是年輕的過錯，不過我在國二到國三之間曾經有過一般所說的男朋友。

雖然我的記憶中，還留有「又酷又有智慧，溫柔又帥氣，宛如推理小說名偵探一樣的男生」這種評價，但我想八成是某種敘述性詭計吧。那男的頂多只有抓抓頭皮可能會飛出頭皮屑這點像名偵探，再怎麼好狗運都不可能從萊辛巴赫瀑布奇蹟生還。

關於那傢伙的無可救藥，有一段插曲可資證明。

當時的我——亦即天下誰與爭鋒的邊緣女綾井結女，每週必定會遭受幾回精神上的拷問。沒錯，就是體育課。

「好——兩人一組——」每當這聲惡魔的指示宛如末日號角響徹四下，我總是丟臉而驚慌失措地像活屍那樣左右徘徊，到最後再讓老師分配一個沒能跟朋友一組的某某人給我，就是那樣的一段時間。光是回想起來都讓我一肚子火。

讀國二的時候，我跟那男的同班。體育課常常是男女分開上，因此在成為男女朋友之前，我從沒特別去注意過那男的都怎麼上體育課。雖然早在很久之前，我就會在課堂中或下

課時觀察他——啊，當我沒說。

……總、總之，開始交往之後第一次上體育課時，我好奇起來。

像他那樣聰明、溫柔又可靠（我是被騙了）的人，運動神經不知有多好。

畢竟沒有什麼事是他做不來的，所以我認為他一定也很擅長運動。

好想看。

好想看男朋友在運動方面活躍的英姿。

就這樣，那天上的是足球。

男生分成兩隊打紅白戰——至於女生這邊課程表上寫的是網球，不過大家都拿「等球場空出來」當藉口，組成小團體去看男生踢足球，甚至還做出自以為是球隊經理大喊加油，跟發情期沒兩樣的行為。

還什麼「一、二……加油——！」咧。是要他們加什麼油？不過就是體育課嘛。又不是男朋友，臭美尖叫什麼啊。

不用隱瞞，其中最臭美的女人就是我。

畢竟我可是在偷偷為偷偷交往的男朋友加油，其臭美程度與其他女生可不能相提並論。

腦中遞上白毛巾的妄想沒完沒了，甚而進行到被一身汗臭的他在校舍隱密處壁咚的場面。以前最痛恨這種老掉牙青春情節的我究竟到哪裡去了？

然而……

很遺憾——不，很幸運的是，那些妄想並未成真。

因為那男的，我的男朋友……

……連一瞬間的活躍表現都沒有。

踢完比賽後，那個男人的臉上連一滴汗都沒有——這是當然的了。因為這男的一直待在球場最右邊動都不動，只憑藉全身散發的「不准靠近我的氣場」就達到了防守之效，表演了為足球界帶來巨大革新的技巧。

當他若無其事地快步走出人群，到操場旁邊的樹蔭一屁股坐下時，我悄悄往他走去。

——該不會，伊理戶同學你也不擅長運動？

他嚇得肩膀一跳……然後慢慢地，轉向了我這邊。

——……妳都看到了？

——……你不想讓我看？

——……如果可以的話。

我從他別開目光的表情中看到了羞赧，嘴角不禁上揚了。

——原來是這樣呀……伊理戶同學，你也不擅長運動啊～

——……妳怎麼好像很高興啊。

——不知道耶……也許是因為我們有共通點，所以高興吧。

先不論實際情況如何，總之那時的我，有點把自己的男友想像成「孤傲的萬能男神」。可能是因為那男的一直不願讓我看到他遜掉的一面吧。八成是出自於所謂的男性自尊。

——伊理戶同學，你好可愛喔。

一察覺到這點的瞬間，我如此說了。

他低下頭去，不讓我看到他的臉。

——以我來說，我比較希望妳說我「帥」，而不是「可愛」……

無論他如何遮臉，我從他背後都看得清清楚楚。

看見他線條優美的耳朵，明顯漲得比平時更紅。

縱然是這個冷血而面無表情的男人，也只不過是個為了無可救藥的自尊而強撐面子的平凡男生罷了。再怎麼變都不會變成夏洛克·福爾摩斯，只是個與我有著同樣缺點，尋常的、普通的……喜歡上我這種人的凡人。

那對於當時的我來說，是件莫名開心的事。

竟然喜歡缺乏運動的瘦皮猴男生，我看這女的最好矯正一下性癖好比較好。

◆

「——呃……八十一公分？哇喔～」

看了看圍住我胸部的量尺刻度，保健室的女老師讚嘆地叫道。

「我替女高中生量了這麼多年三圍，還沒像這次這麼羨慕過呢。真是太完美的胸部了，賜福與我吧……」

「……那個，我可以離開了嗎？」

我逃離不知為何開始對著我做出二禮二拍手一禮的保健室老師，來到拉簾的外面。

我從以前就很怕面對健康檢查，因為個頭矮是我長年的心結，即使到了現在還是會自動變得心情憂鬱。

我一邊忍不住嘆氣，一邊拿起放在保健室牆邊的運動服外套。

……不行，不可以為了這點小事有壓力。之後還有更麻煩的事情等著我呢……

我急著想在體操服外面套上外套，卻忽然停仕了動作。

有人目不轉睛地盯著我瞧。

一個綁馬尾，個頭比我矮上十公分的嬌小女生，從極近距離對我的胸部投以熱烈的眼光。她從各種角度看過來看過去，又把眼睛睜得像盤子一樣圓。眼睛眨都不眨，非常嚇人。

假如是陌生人的話，即使同樣是女生我也早就報警了，但或許該說幸運的是，我認識這

個女生。

「南……南同學？什、什麼事……？」

我一邊扭轉身子遮起胸部，一邊跟那個女生拉開一步距離。

她猛一回神後，「啊哈哈。」有些不好意思地破顏而笑。

「沒有啦，只是覺得伊理戶同學這麼瘦，胸部卻滿大的呢～！妳看，像我就只有這樣～」

雖說是自己的身體，但啪啪拍打自己的平胸拍得也未免太不客氣的這個女生，名字叫做南曉月，是我入學以來特別要好的朋友之一。

她既開朗又善於交際，還兼具小動物般的可愛，是個與生俱來的陽光系女孩。換作是國中時期的我，恐怕只會讓她單方面來對我好，而不可能建立起雙向的友誼關係。

她一雙松鼠般的大眼睛滴溜溜滴溜溜轉，邊說著：

「每年啊，我都想說『今年一定要長高！』，可是都長不高呢～所以每到健康檢查都覺得好憂鬱……」

「就是呀。嗯，我懂我懂。我也是直到去年，成長期才終於來臨……」

「咦？伊理戶同學以前也是小不點同盟？」

「在去年的這時候，我的個頭都還跟南同學差不多唷？」

「什麼～！一年就長這麼多！……能、能不能順便向您請教一下，您胸罩的尺寸大概是多少……？」

「怎麼忽然變得低聲下氣……呃呃，其實也沒有很大……」

我彎下腰，跟南同學嘀嘀咕咕小聲耳語。她一聽，原本就很大的眼睛睜得更大了。

「……D、D罩杯……？」

「我、我先聲明，我只是刻意穿比較大的尺寸喔……！」

「伊理戶同學是我的希望！」

南同學猛撲上來抱住我的脖子，使我慌張起來。南同學非常喜歡跟人做肢體接觸。我就算再怎麼改造性格，也不可能變得像她一樣。

「都說近朱者赤嘛，只要像這樣黏著伊理戶同學不放，說不定我也能長高喔～？」

「呃，不好意思，這句成語沒有那種意思，所以可以放開我了嗎？」

害我臉紅了。

請不要像隻黏人的小貓般把臉往我身上擦。

不過話說回來，我也不知道我的成長期怎麼會忽然來臨。是女性荷爾蒙產生了某種作用嗎？……畢竟我想這輩子就屬我開始長高的那段時期，分泌了最多荷爾蒙。

我與南同學聊健康檢查的話題聊得起勁，兩人一起走出保健室後，前往體育館。

接著要去做同時實施的體適能檢測。

自然而然變成與我一同行動的南同學，一邊讓馬尾彈跳著晃來晃去，「嗯——」一邊觀察穿好運動服外套的我。

「腰跟腿都好細喔～伊理戶同學，要維持這種身材一定不容易吧？不去理它就會一直長肉呢。」

「就……就是呀。」

「啊，那妳都怎麼維持身材的？做運動之類？」

「算是……吧？」

我把假笑貼在臉上。我如果說「這一年來營養都跑到身高跟胸部上面去了，所以我什麼都沒做」的話，人家會覺得我在炫耀，會說：「那個女生是怎樣，自以為了不起啊？」

「測體適能也讓我心情好沉重喔～真羨慕伊理戶同學～妳測起來一定很帥氣吧～」

「還……還好啦……」

「才不只還好呢～！啊——為什麼都進了明星學校還得測體適能啊～這世界對小不點真殘酷——」

我應聲附和的同時，心裡正在不住地冒冷汗。

我改變了個性，也改變了外貌。

為了跳脫過去的自我，我對自己的一切做了改造。

——只有一個例外，就是運動神經。

我總是抱持著疑問。

為什麼體適能檢測不能像健康檢查那樣尊重個人隱私？為什麼要強迫運動白痴在眾人面前出醜？這樣簡直是公開處刑。難道這世界要所有運動白痴都當小丑搞笑嗎？這種世界毀滅算了。

——我一邊反覆詛咒世界，一邊踏進了體育館。

「哦！還有男生在測呢。」

南同學如此說著，輕快地跳過體育館的門檻。

健檢與體適能會將男女與年級分開，於不同時間做檢測。一年級男生排在我們一年級女生前面，其中先做完室外項目的組別，此時似乎正在測室內項目。

在他們當中我看到了熟悉的——應該說每天都在自己家裡看到的臉孔，但假裝沒發現。

「那麼，伊理戶同學，早早做完早早解脫吧～」

「嗯，也對……」

趁其他女生還沒來幾個的時候。

……我是伊理戶結女。是同年級學生無人不知誰人不曉，才貌雙全的完美女高中生。

我不能毀了這個好不容易才建立起來的形象——為了至少能達到標準成績，我私底下偷偷做了特訓。

當然，我這比十年機齡非智慧手機還廢的運動神經，不可能臨時抱佛腳做做特訓就忽然變強。不過如果只是體適能的少數幾個項目，那還練得來。即使當不了全年級第一名，至少應該能測出以一般女生而論不丟臉的紀錄。

再來就只能祈求還有其他人跟我一樣運動白痴了。關於這點，能夠跟自稱不擅長運動的南同學共同行動真是幸運——

——我本來是這麼以為的。

「喂，你們看那個！」「南？超猛的！」「身手也未免太靈活了吧！」「根本兔子一隻！」「反覆橫跳五十五次？」「嗚哇，我輸了——！」

「可惡——！本來還以為能跳更多下的～」

我以完全的沉默無言，迎接臉不紅氣不喘的南同學回來。

——妳騙我！

這哪裡是不擅長運動了！竟敢跟我那樣吹牛皮！拿妳這種出類拔群的運動神經，當著我

這正宗運動白痴的面胡說！

「南……南同學？妳不是說，妳不擅長運動嗎……？」

我一邊努力隱藏內心肆虐的颶風一面問道，南同學愣愣地偏了偏頭。

「我只是說心情沉重，沒有說不擅長呀？妳看嘛，像我這樣既是小不點，又是女生，要是一不小心比男生還會運動的話會被取笑的，不是嗎？」

原來是敘述性詭計。

誰跟妳「不是嗎」！不要理所當然地拿什麼異世界的常識跟我辯！

錯不了。這個叫南曉月的女生，鐵定是跑馬拉松的時候明明主動提議：「我們一起跑吧～」卻把人拋下的那型！可惡啊……我就知道天生具有交際力的傢伙不值得信賴……！

「再來換伊理戶同學了唷！加油喔～！」

這副小動物般的笑容背後不曉得藏了什麼企圖。莫非她早已看出我是個運動白痴？嗚嗚嗚……好可怕……現充好可怕……

我心裡嚇得比她更像隻小動物，但還是站上了反覆橫跳的三條線上。這時，我在講台前做檢測的仰臥起坐組當中，看到了我的繼弟（以及最近常跟那傢伙一起混的男生）身影。

「要開始嘍，伊理戶！預備——～～～～～——」

「我投降。」

「沒有這種規則啦！」

……那男的未免也太沒幹勁了吧。

當然，周遭的學生都在小聲嘲笑他，負責監督的體育老師也在瞪他。但本人卻一副沒在怕的樣子躺在地上，幫他按住腳的男生（好像是姓川波？）看不下去地拉他的手臂，硬是讓他坐起來。不是仰臥起坐而是仰臥拉坐。那樣恐怕只能測到川波同學的體力吧。

……我絕不要像他那樣。

我在心中堅定地發誓。為此，我這幾個星期都在努力做不習慣的肌力訓練，並用功研讀了運動科學的書籍。昨晚也複習到半夜，所以老實說，我現在又累又睏，腦袋有點恍神。

好！

看到繼弟的醜態使我重新鼓起幹勁，在反覆橫跳、坐姿體前彎與仰臥起坐項目測出了不錯的紀錄。不過握力是肌力的問題，所以不是很理想就是了……

「哦——！伊理戶同學，妳好厲害哦——！」

「還……還好，啦……」

南同學坦率地稱讚我，讓我為剛才亂懷疑她的事感到羞恥。我只能報以笨拙的笑容，心裡覺得非常愧疚。

……累、累死我了……

可能是因為缺乏睡眠又一直精神緊繃的關係，體力消耗得好激烈。接下來還要測室外項目，不知道我行不行。

再稍微努力撐一下，一測完就回家睡覺吧……

當我步履有些蹣跚地走出體育館時，結果還是得重測仰臥起坐的繼弟好像瞄了我一眼。

立定跳遠、壘球擲遠，然後是五十公尺賽跑。這些就是室外項目。

雖然還有名為漸進式折返跑的拷問，不過那個預定另外擇日檢測。關於那個項目，我光是聽到那種冷酷無情的電子音效就想吐，所以想也知道一定很快就會出局。

立定跳遠只須注意不要一屁股跌坐在地就好，壘球擲遠則是利用離心力，就能測出還算不錯的成績。南同學兩項都測出了讓男生甘拜下風的優秀紀錄。在體適能檢測獲得眾人的歡呼不知道是什麼心情。我無從想像。

睡眠不足又在春日陽光下四處走動的我，疲勞度即將到達頂點。真想立刻撲進被窩倒頭就睡。我從飲水機補充水分應付掉這份欲求，然後去排最主要的項目——五十公尺賽跑的隊伍。

「那……我去跑嘍！」

排我前面的南同學，用與我正好形成對比的輕盈腳步站到了起跑線上。她以精湛的蹲踞式起跑，一瞬間就讓同時起跑者望塵莫及，一個人衝過終點線。

「七、七・三秒——！」

負責檢測的女生一大叫，周圍頓時發出熱烈的歡呼。南同學光明正大拿下了最高分數。

真的，她怎麼有臉說自己心情沉重？女人真是不值得信賴……

我一邊看著南同學在終點線後面被像是田徑社的學長姊包圍，一邊就定位。

「呼……」

不管怎樣，跑完這個就結束了。再撐一下就好。我調整呼吸，腦中複習練習過的技巧與學過的知識。

「就定位——預備——」

我踢踹了地面。

姿勢、手臂的擺動、雙腳接地的方式。我凝神注意這一切，重現腦中的理想狀態。

我感覺到身體以一年前無法想像的速度往前進。天下無難事，只怕有心人。即使是臨時抱佛腳也行。我跟那個試都不試的男人可不一樣。

我跟那男的，已經不「一樣」了。

現在的我，比那男的更優秀。

同時起跑的人消失在視野邊緣。終點線就快到了，剩下十公尺。我身體前傾，更用力地踢踹了地面。只差一點，只差一點，只差一點……！

我衝過終點線。

超越極限擺動的雙腿，總算放鬆了力道。我喘不過氣，什麼話都說不出來，只能一邊尋求氧氣，一邊看向檢測人員。

「八·五秒——！」

高聲唸出的紀錄，是我這輩子跑得最快的數字。不，不過，現在比起對這事的喜悅，更重要的是——

「……結束……了……」

霎時間，我分不清上下了。

……奇，怪？

不會吧。

糟糕。

頭好暈。

地面，在哪邊——

「——小心。」

當我取回上下的方向感時——有一條手臂，扶住了我的身體。

是一條完全沒練出肌肉的，細瘦手臂。

即使如此，那手臂卻強而有力地抱住我的肩膀，沒有一點搖晃。

「（……辛苦妳了。）」

熟悉的嗓音，在耳邊呢喃。

「（不過，以後別再這樣勉強自己了。）」

我抬起視野還有點閃光感的眼睛，看到一如平常的臭臉近在眼前。但那表情看起來又似乎有點生氣，讓我頓時只能把臉埋進他的肩窩。

他像哄小孩一樣，輕拍我的背部幾下。那簡直就像在說「妳很努力了」，讓我更是抬不起頭來。

身體好燙……有股汗味。

「伊理戶同學——！妳還好嗎——！」

我聽見南同學的聲音。這時，這傢伙一反剛才的態度，粗暴地把我整個人一扔。

「嗚哇哇，小心！」

我又變得搖搖晃晃站不穩，幸好南同學似乎扶住了我。

隨手把我一扔的那個男人說：

「再來妳們自己看著辦吧。」

他隨便丟下這麼一句話，就轉身背對我快步離開了操場。

我、南同學，以及看到整件事情的其他學生……

全都只能呆若木雞地目送那個背影——伊理戶水斗離去。

「……伊理戶同學他，不是已經測完室外項目了嗎……？」

等水斗的身影完全消失後，南同學低喃道。

由於男生比女生先開始測體適能，因此我們會在體育館碰上，必定是因為他們跟女生不同，先測過了室外項目。

如果是這樣，那麼，那男的剛才待在這裡是為了……

……伊理戶水斗，再怎麼說都不會是英雄。

他無法從險象環生的危機中死裡逃生，也不會去救一個素不相識的陌生人。

容我一次又一次重申。

伊理戶水斗，再怎麼說，都不會成為英雄。

至少……對於我以外的人來說。

南同學帶我來到做完體檢空出來的保健室，讓我躺下。我跟她堅稱我只是有點頭暈不要緊，但南同學強硬地跟我爭辯：「『有點頭暈』怎麼會不要緊！」讓我無話反駁。

我躺在乾淨潔白的床上，閉目養神了一會兒後，疲勞感就慢慢從體內消散了。

……也許我比自己想像中累積了更多疲勞。媽媽再婚、搬家、多了新的家人、升上高中……或許是因為環境也產生了許多變化吧……

「對不起喔，伊理戶同學……我完全都沒發現伊理戶同學這麼累了。」

「不會，沒關係……是我不好，不該這麼愛面子……」

「愛面子？」

可能是因為看到那男的率真自然的行事態度吧。很意外地，我一下子就對南同學實話實說了。

我一五一十地告訴她，其實我很沒有運動神經。是因為不想讓大家知道，才會硬撐著為體適能檢測做準備。

我不認為南同學會因為這點小事就跟我絕交，但說不定對我會多少有點幻滅……但如果真的那樣，那也沒辦法。即使我與一年前的自己已經判若兩人，但當然還是有一兩個地方改變不了。

不過我是覺得像那男的那樣什麼都沒變也不太對。

「……呵呵。」

我已經做好心理準備面對失望的反應，但實際上看到的，卻是南同學欣喜的微笑。

「總覺得啊，我好像對伊理戶同學產生親近感了。」

「咦？為什麼……？」

「坦白講，伊理戶同學其實有點難以親近呢——又漂亮、又聰明，妳看嘛，豈不就是所謂的高不可攀？哎呀，可是，原來是這樣呀。原來妳既沒有運動神經又愛面子呀～」

「……抱歉，我現在覺得有點火大，我可以生氣嗎？」

「可以喔。我想看看伊理戶同學生氣的樣子！」

「那……我就不好意思一下——妳、妳夠了沒呀。」

我躺在床上伸出手來，輕輕戳了一下南同學的額頭。

……我太不習慣發脾氣了。

「噗……啊哈哈哈哈哈！『妳、妳夠了沒呀』！好～可～愛～喔～！」

「……不、不要笑我啦……害我一下子覺得好丟臉……」
我扭動著鑽進被窩把臉遮起來。我太缺乏所有社會經驗了……
「我說呀，伊理戶同學？」
隔著被單看見的南同學身影，探頭過來看著床上的我。
「我可不可以叫妳『結女』？」
直……直呼名字！
頭、頭一次有朋友叫我的名字……應該說搞不好除了家人之外，這還是第一次有人叫我的名字。嗚哇，怎麼說呢？總覺得心裡癢癢的！
「怎麼了？結女？結女——？可以？還是不行？究竟是哪個？」
我在被窩裡羞得無地自容了一會兒後，只把眼睛露出被單外，對著一臉不可思議的南同學，盡我所能擠出聲音說：
「可……可以，沒關係。應該說……那、那個，務必這麼做。」
然後，我忽然間想到，既然她都直呼我的名字了，我是否也該直呼她的名字？
……好，好好好。讓我來，我要叫了。這也是成長的一大步……！
「曉……曉……曉……」
——嗚啊啊啊啊啊！總、總覺得好難為情！竟然跟朋友互稱姓名……！這樣，豈不是像

閨密一樣！我、我擔待不起……才剛認識一個星期耶……！

曉、曉、曉——就在我變得像回想起慘劇記憶而ＰＴＳＤ發病的重要證人一樣時，曉——南同學不知為何露出了大大的笑容。

「乖喔乖喔，慢慢來就好嘍——我們一點一點慢慢習慣喔——」

然後她就像媽媽一樣開始摸我的頭。

她是不是把我當成笨蛋了？

「……以後還請多多指教，南同學。」

「哎呀，妳不肯叫我『曉月』呀。而且怎麼變這麼客氣！」

我們互看了幾秒後，一起晃動著肩膀輕聲笑了起來。

啊啊——我……真的交到朋友了。

◆

躺一下後，我感覺舒服很多，覺得可以換衣服回家了，於是跟南同學一起走出保健室。

由於我們倆都還穿著體操服，於是走向校舍入口處打算前往更衣室，這時看到一個穿西裝外套的男生正好下樓來。

「啊。」

「…………………」

那男的——伊理戶水斗任由領帶歪歪扭扭的遮都不遮一下，沉默地看向我這邊。

……剛才，這男的，幫過我……對吧。

這男的應該沒什麼事得去操場。所以，他可能是察覺到我身體不舒服，才從體育館特地跑來找我——

……我想，我還是該道個謝。這是做人該有的禮貌。沒錯，具有一般常識的人，這時候本來就會道謝……好。

我下定決心開口說了：

「……那個，剛才——」

「眼睛。」

像要奪得先機一般，水斗忽地指了指我的眼睛。

「冒出黑眼圈嘍。」

「……咦？真的假的！」

見我急忙想拿智慧手機出來當鏡子……

「騙妳的。」

水斗咧嘴留下一個壞心眼的笑容，就快步走向鞋櫃去了。

………什麼鬼啊！

是怎樣？那傢伙是怎樣啊！才剛覺得他怎麼變那麼溫柔，現在這個沒意義的謊言又是怎樣！

唔嗚嗚嗚……對了，我忘了。那傢伙就是那種男人。這個個性爛到家的混帳，最愛看我困擾的樣子。這樣想來，我開始懷疑他跑來操場只是為了欣賞我丟臉撐面子的樣子。不，根本就是這樣！啊啊真是夠了，有夠可惡！謝天謝地，我們已經分了！

就在我氣憤地瞪著繼弟的背影時，身旁的南同學輕聲低喃了：

「……伊理戶同學他，對結女好溫柔喔。」

「咦？哪有啊！」

「這我就不知道嘍～」

南同學像唸台詞般的說完，就把腳步聲踩得咚咚作響往走廊上走去。

望著甩來甩去的馬尾，我只能偏頭不解。

♥前男友照顧病人「小事一樁。」

事到如今只能說是年輕的過錯，不過我在國二到國三之間曾經有過一般所說的女朋友。

每次做這個回想時我都在想，人類擁有的遺忘能力雖然很了不起，但在運用方面是否有著難以忽視的缺陷？必需知識不斷從腦內遺落，有些回憶卻越是想遺忘就越是黏在腦海裡丟不掉。

怎麼想都是某種故障。假如生物機能出現異常稱為生病的話，那麼人天生就受到了病魔侵襲——我試著學古代哲學家的口吻講話，總之這次簡而言之，就是生病的故事。

生病。

話雖如此，我並非以前罹患過什麼性命垂危的怪病。那種事情就交給乍看之下朝氣十足卻又有點虛幻易逝的美少女負責，當時來襲的病魔，不過就是感冒罷了。而受到侵襲的不是我，而是那女的——伊理戶結女。

大約在國二的十一月吧。在冬天腳步接近而寒意襲人的早晨，綾井沒有出現在我們平常相約的地點。

當時的我，那可是個心地溫柔善良的男人，因此擔心地用手機跟她聯絡，結果得到的回答是她感冒了要請假。我傳簡訊跟她說：「原來如此，要保重喔。」然後久違地一個人去學校了。

然後放學後——

由於學校是個舊時代的組織，因此到了現代還在大量消耗講義這種廢紙。我個人是覺得幹嘛不寄電郵還不會搞丟，但只有這時候，這個現象為我帶來了好處。級任老師說：

——有沒有人要幫忙送講義去給請假的綾井——？

當然，沒有人自願。一般來說這種時候都會叫名為班長的打雜人員去跑腿，但這次要辦的事情，不能算是單純的打雜。

我在剎那間就想好了藉口。這藉口可以讓我自願將講義送去給綾井，還不會啟人疑竇。平時一個勁地隱瞞我們的關係，現在等於是自食惡果，不過我好歹還算有點智慧，才一瞬間就成功擬出了完美的藉口。

——那個……我跟她家同一個方向，所以……

現在回想起來其實半點聰明才智都感覺不到，就只是個平庸至極的藉口，但總之就這樣，我得以合法地拜訪綾井家。

探病事件於焉發生。

我來到向級任老師問來的住址，抬頭看著向級任老師問來的門牌號碼，頓時緊張了起來。假如是家人來應門怎麼辦？趕快把講義給一給走人好了。不不不，綾井是母女家庭，現在這個時間應該只有綾井在家——

我心想，她一定很寂寞。

我得感冒的時候，也是一個人在家——所以十分能夠體會綾井現在的心情。

我本來想冷不防按門鈴嚇她一跳，不過病人大概不需要驚喜吧。我先用手機聯絡她。

——啊！伊、伊理戶同學？你已經來了？就在家門口？

連打個手機都把她嚇了一跳。

不過很高興她還有嚇一跳的精神與體力。我本來想順便請她開門……

——等、等我一下……！一下下就好！

——……妳該不會是想換衣服吧？

——因、因為……！

——發燒的時候不用在意外觀啦。我也不會在意的。

我想看她穿睡衣的樣子。把我的發言翻譯一下，說穿了就是這麼回事。

你去死死算了，青春期男生。

不枉費我一番好說歹說，綾井穿著淺粉紅色的睡衣出來迎接我。真是有夠可愛——咳哼，一般般啦，嗯。就是那女的該穿的一般睡衣。

當然總不可能給完講義就走，於是我進了綾井的家，無微不至地照顧臥病在床的她。

說是無微不至，其實就是削削蘋果、餵餵運動飲料之類的小事，我必須在此強烈主張，絕沒有發生過什麼擦身體之類的事件。

等到沒特別事情可做，我就變成只是坐在床邊而已。

今天綾井的媽媽應該會早點回來，就在我開始覺得該告辭了的時候，把棉被拉起來遮住嘴巴的綾井，用發燒泛紅的臉蛋抬眼盯著我瞧。

——……伊理戶同學。

——嗯？有什麼想要我做的事嗎？

——呃……那個……

綾井先是在被窩裡動來動去了一會，然後把右手伸出來了一點點。

——如果……你可以握著我的手，我會，有點開心……

當然我不會為了這點小事就怦然心動（不會就是不會！），但我好像能體會她的心情。

感冒的時候，會莫名地覺得心情消沉。如果家裡沒有其他人在就更是如此了。所以，會沒來由地想接觸到他人的體溫……

——小事一椿。

我輕輕握住了綾井的右手。

她的手又燙又小，感覺簡直像小寶寶一樣。

——呵呵……

綾井開心又靦腆地微笑，不久就開始昏昏欲睡，然後發出靜悄悄的鼾聲。

真想就這樣，一直握著她的手——好啦，我不找藉口。當時的我，的確是這麼想的。

但實際上的問題是，我若是繼續賴在綾井家裡，早晚會碰到她媽媽。她絕對不會樂見染上感冒的女兒待在家裡時有個男人闖進來。

我聽她的輕微鼾聲聽了半小時後，依依不捨地悄悄鬆手，離開了綾井家。

現在回想起來，當時我在回家的路上似乎有跟由仁阿姨擦身而過，所以真的是千鈞一髮。

◆

「咦？對了，今天伊理戶同學她沒來嗎？」

川波小暮好像理所當然似的來到我的座位上，一邊環顧教室一邊說了。

我早就知道有人會問，所以用預先準備好的答案回答他：

「那傢伙感冒了，在家裡躺著。」

「咦，真的假的？」

「真的……唉，畢竟環境變化蠻大的，大概是累壞了吧。」

又是改姓又是搬家，搞到後來還得跟我住在同個屋簷下，在這種環境下不累才奇怪。雖然我好得很就是了。

「什麼——？結女今天不來學校啊～？」

一個大得出奇的嗓門，狠狠撞在我的後腦杓上。

我的意識險些沒反射性地關機，但有個嬌小的女生搶在那之前竄進我的視野。馬尾上下躍動。

這女生明明個頭嬌小得跟國二的結女差不多，動作卻莫名地多，很引人注目——或許是因為如此，也或許是因為她常跟結女那傢伙黏在一起的關係，難得我竟然記住了她的名字。

她叫南曉月，是以伊理戶結女為中心的女生小團體裡的一人。那傢伙每次來學校時，都是這個女生第一個跟她打招呼。

南同學在我桌上傾身靠過來。

「她感冒還好嗎？燒到幾度！」

「說……說是三十八度……」

「三十八度！那豈不是重病嗎——！」

「南，妳冷靜點。伊理戶被妳嚇到了。」

川波像對待一隻貓那樣揪住南同學的脖子，把她拉離我身邊。得救了。我不擅長應付莫名喜歡與人貼近的那種人。

「幹嘛啦，川波！別把我當貓亂抓啦！」

「是是是。」

「嗯喵！」

川波手一鬆，南同學一屁股跌到了地板上。真的跟貓一樣。

不過這兩人講話好沒距離啊。我看了看川波的表情。

「你跟南同學認識嗎？」

「啊——？沒有啦……唉，算是認識吧。國中時上同一間補習班。」

「對呀對呀。只是沒想到這傢伙竟然會考上這所高中！」

「妳也差不多啦。」

原來如此。以這種明星學校為目標的國中生，大概都會念類似的補習班吧。不過我跟結女完全是自讀就是了。

但我看這兩人完全不像是會認真去補習的樣子啊……

「先別說這了！」

南同學用一種好像身上裝了彈簧的動作，直挺挺地蹦了起來。

「該不會結女現在是一個人在家吧！」

「是、是啊……是這樣沒錯。我爸還有由仁阿姨——我母親都在工作，我又不能請假。」

就算學校能請假，要我一整天照顧那女的，打死我都不要。

「什麼——！好可憐喔——！不知道結女會不會寂寞……」

……一幕光景，重回我的腦海。

一個希望我能握住她的手，跟伊理戶結女差了十萬八千里遠的女生容顏在腦中浮現。

「好，我決定了！」

南同學突然啪的一聲，拍了我的桌子一下。

「放學後我就去探望她！可以吧，伊理戶同學！」

「什麼……」

「不要明顯擺出一副嫌麻煩的臉啦！」

「哦？好像很好玩。那我也——」

「啊，川波就不用了。」

「幹嘛這樣！」

……好吧，反正在老爸或由仁阿姨回來之前，還不是得由我照顧那傢伙……如果能請南同學代勞，那自然再好不過了。

就這樣，放學後，我把南同學請到了家裡。

當然，川波不准跟。

「你們家還滿大的耶——記得原本好像是伊理戶同學的家？」

「其實沒看起來這麼新，我爸從小就住在這裡了。」

「是喔——那就打擾嘍——！」

我一用鑰匙開門，南同學就擅自走進了玄關。這人真的都沒在怕耶。

「她在二樓？」

「在最後一間房間，不過妳忽然跑去，那傢伙膽子再大可能也會嚇到，所以可以請妳安分點嗎？」

「什麼——本來想嚇她一跳的說……」

「病人不需要什麼驚喜。」

「那倒也是。」

沒想到她這麼聽話。

我帶著南同學上到二樓，敲了敲結女的房門。進對方的房間之前一定要敲門——這是我們決定住在一起時訂下的規定之一。

沒有回應。也許她睡著了。

「我進來嘍。」

我還是先說一聲，然後才開了門。

搬家時的紙箱已經都撤掉了——取而代之的是滿坑滿谷的書，但比起我的房間至少還能看到地板。

聽我稱讚這種地方就應該能猜到，這房間其實沒什麼女生的感覺。硬要說的話，只有掉在地板上的懷舊卡通人物靠墊，以及桌上一些化妝水之類的瓶子，能稱得上僅有的女孩子氣表現。

結女躺在床上。

我本來希望在我們上課時她已經感冒好了，但看來沒那種好事。她把長髮綁在兩邊，穿著輕便單薄的圓點睡衣，胸口順著安穩的呼吸起伏。即使是平時開口閉口都要酸人的討厭傢伙，只有睡眠時的呼吸聲倒還挺可愛的。

「……結女在睡覺嗎？」

「好像是。」

我們走到床邊時，結女顫動著長睫毛，微微睜開了眼睛。

不知是我們把她吵醒了，還是她原本就只是淺眠。

「……嗯……」

結女半睜著眼，意識朦朧地抬眼看我。

然後好像覺得很安心似的，露出軟綿綿的微笑。

「…………伊理戶，同學…………」

嗯咕嘎！

我差點沒這樣慘叫出聲，幸好憋住了──這女的！現在用這個稱呼會很慘啦！

「呃，嗨，有沒有好一點？」

所幸聲音很小，我假裝什麼事都沒發生。就算背後的南同學聽見了，應該也會以為是聽錯了而直接忽略掉。大概吧。

可能還在半夢半醒之間吧，「嗯嗯──」先是聽到結女發出些微撒嬌耍賴般的聲音，接著——

輕輕地，她捏住了我的衣角。

「你……跑去哪裡了……我好寂寞……」

唔喔喔喔喔喔喂！結女同學——！妳怎麼記憶好像倒退了一年啊！

還早，還不用放棄。我一面驚恐得滿頭大汗，一面再次假裝什麼都沒發生，指了指背後的南同學。

「妳……妳看，南同學來探望妳了。」

「早安，結女——妳還好嗎——？」

不曉得是不是沒聽見結女剛才的撒嬌聲音，南同學一如常態，開朗地跟她打招呼——或許是因為如此吧，結女看到南同學的臉，眼神也漸漸恢復了理智。

「…………啊…………」

看樣子她是回想起自己剛才的言行了。

她的臉變得像煮熟的螃蟹一樣紅，但幸運的是，這女的正在感冒——南同學應該會認為是發燒的關係。嗯，希望如此。

結女用怨恨的目光快速瞪了我一眼。又不是我害的。

然後，她擺出平時在學校示人的優等生微笑。

「謝謝妳特地來看我，南同學……我燒已經退很多了……」

「不用勉強說話沒關係的……有了，有沒有什麼事是我能幫妳做的？肚子餓不餓？我們買了很多菜回來喔！」

南同學在回家前從超市買來的購物袋裡翻翻找找。在進家門之前都是我在提的。

「那怎麼好意思……讓妳做這麼多……」

「沒關係啦，沒關係！借一下廚房喔！伊理戶同學，你來幫我！」

我本來想把剩下的事情交給女生負責後自己開溜，但南同學一把抓住我的手臂。

「……什麼？叫我？」

「記得你滿會做菜的，對吧？結女跟我說過唷。」

……這女的還會跟朋友聊我的事情？

我瞥了結女一眼，她立刻把頭扭過去對著牆壁。也許她還在為剛才的出醜介意。

「……好吧，鹹粥的話還煮得出來。」

「夠了夠了！走吧！」

我被南同學拖著，離開結女的房間。

總覺得背後一直傳來視線。就跟妳說剛才那個不是我害的了……

「伊理戶同學——你跟結女感情好嗎？」

她趁我切菜的時候問這種事情，害我的手指差點變成鹹粥的配料。

「什……什麼感情？」

「那當然是兄弟姊妹的感情啊——」

「喔，對……兄弟姊妹的感情……」

這還用說嗎？冷靜點吧我。

南同學邊喀啦喀啦地邊打蛋邊說：

「一直到去年啊——你們都還是毫無關係的陌生人對吧？可是忽然就變成兄弟姊妹，還要住在一起，我在想是不是很難——而且不只如此，你們還是同年齡的男生女生呢。」

我心想，假如真的是毫無關係的陌生人，說不定還比較好一點。

比起從一開始就扣分，從零開始給人的壓力或許還小一點。

「……哎，只要努力去試總會有辦法的。雖然的確有很多地方必須顧慮到。」

「顧慮？比方說呢？」

「這個嘛……」

我想了想。

「最主要的，應該是洗澡吧……」

「咦——？所以果然不免會撞見對方換衣服嘍？」

「所以彼此都得小心，才不會發生這種事。」

「什麼嘛，原來沒有撞見過呀。真沒意思。」

要是發生那種事的話，不是我死就是她亡。

「我在想啊，在這種環境下，會不會很難啊？」

「妳指什麼？」

「等交到女朋友的時候怎麼辦——？會不好意思帶回家吧？」

「嗄？」

我回看身旁的開心果小動物女孩。

「……妳看我像是會交女朋友的類型嗎？」

「與其說會交，不如說伊理戶同學，你有過女友吧。」

心臟漏了一拍。

她講得毫不猶豫，斬釘截鐵。由於實在講得太武斷，我一瞬間差點忘了回嘴——她是怎麼知道的？

南同學……難道說，她早就知道了？

「沒有啦——我啊，這種事情不知道為什麼都看得很準呢——就是從你跟女生相處的方式或其他地方判斷的——會讓我覺得『啊——這個人有交過女朋友呢——』。」

南同學露出一口健康的白牙，「嘿嘿——」得意地笑著。

不、不知道為什麼……？超能力嗎？

「不過現在好像沒有就是了。怎麼樣？我猜對了嗎？」

「…………不予置評。」

「哦哦，來這招呀。」

南同學把白飯以及我切好的蔬菜丟進鍋裡，用繞圈的方式倒入蛋汁。動作很熟練。

「我沒打算說出去就是了。不過假如你又交了女朋友，到時候怎麼辦？」

鹹粥慢慢熬出稠度。

「……交不到的啦。我也沒那意願。」

「我是說如果交到的話。你會介紹給結女認識嗎？」

對於這個假設——不知為何，我瞬即有了答案。

「應該不會吧。又不用獲得她的許可，而且感覺好麻煩。」

「是喔……所以就算你交到女朋友，結女也不會知道就對了。除非你要結婚了。」

「哎，或許是吧……」

論及婚嫁的話，情況就不同了——儘管那個場面對我來說有點難以想像。

「原來如此原來如此。原來如此啊——」

「……我說啊，這段對話到底有什麼意義？」

「你真是的——就閒聊啊，哪有什麼意義——！」

說得也是。

就在我徹底被南同學牽著鼻子走的時候，鹹粥煮好了。

「來，結女，啊～」

「我、我自己可以吃……」

「不～行。病人就是需要照顧呀。啊～」

「啊、啊……」

結女一邊羞赧地頻頻偷瞄我，一邊含住朝向自己的調羹。

「啊呼……」

「會燙嗎？我幫妳吹吹好嗎？」

……我到底看到了什麼？

我完全錯失了離開房間的時機，但我有任何必要待在這裡嗎？能不能請兩位女高中生自己要甜蜜，讓我回我房間好嗎？

我就這樣被迫看著近似百合的光景看了幾分鐘。

冷靜想想，假如南同學沒來探病，那個「啊～」可能就得由我來做了……

這麼想來，真是慶幸南同學有來這一趟。因為假如變成我來做，那對於我或是結女都將是遺臭萬年的恥辱……

「呼……我吃飽了。很好吃。」

「不客氣──妳都吃完了呢！」

「謝謝妳……為我做這麼多……」

「一半是伊理戶同學煮的啦，我只有調味！那麼……」

南同學快活俐落地把餐具疊起，端著放餐具的餐盤站了起來。

「我去洗個碗。伊理戶同學，你陪著結女喔──」

「好……咦，啥！」

「那就拜託嘍──！」

南同學一副靜不下來的樣子離開了房間。我甚至來不及叫住她。

房間裡，只剩下我與結女。

……怎麼會這樣？

早知道就早早走人了。

這下我跑不掉了。我不情不願地坐在床邊的地板上，立起一邊膝蓋。

結女把頭埋回枕頭裡，不知怎地一直盯著我瞧。

「……幹嘛？」

「……沒什麼。」

我口氣粗魯地一問，得到的是口氣同樣粗魯的回應。而且還不肯看我的眼睛。

「妳這傢伙態度真差……我先聲明，妳醒來時的那個，完全是妳自己的錯。我反而還幫妳掩飾咧。」

「我、我知道啦……！那只是，因為，我意識有點恍惚……」

結女像在嘔氣般把棉被蓋到肩膀，轉身背對我。

這樣也好，我心情比較輕鬆。病人就該乖乖躺著休息。

「…………你們，變得還真要好呢。」

但這女的卻背對著我，輕聲說了一句廢話。

「啥啊？妳說我跟誰變得要好了？」

「……就南同學呀。還兩個人一起煮鹹粥……」

「…………………」

我花了一點時間思考。

「……為了以防萬一，我問一下，妳這話的意思是『你這種無聊的男生竟敢親近我的好朋友，讓我很不爽』沒錯吧？」

「…………………」

結女也停了一下，像在花時間思考。

「……對呀，沒錯。」

「是嗎。那我告訴妳，我跟南同學看起來很要好，是出於她高超的交際力。妳知道嗎？正宗的交際力強者，跟誰看起來都會像是很要好。」

「簡直好像在說我是假貨似的……」

「不是好像，我就是這個意思，高中出道。」

「我才不是高中出道……」

回答的聲音有氣無力。

吃過東西似乎補充了點元氣，但離恢復健康好像還早得很。

「妳睡吧。多睡覺對感冒最有效。」

「……你又要……跑掉了？」

「沒有，我今天會待在家裡。」

「你騙我……上次，你就回去了……」

結女的聲音像是睡昏了頭，逐漸變得輕飄飄軟綿綿。也許是睏意來了吧？

「……上次是哪次？」

「上次……我明明要你握我的手……醒來時你卻不見了……」

……喔，我懂了。

前年，冬天腳步漸漸靠近的時期。

我那時來探望這傢伙時，曾經……

「……家裡，好暗……我好寂寞……」

那時，我不知道由仁阿姨何時會回來。應該說，我以為只要握到她睡著就行了。我沒做錯事。

……不過……

我那時候在回家的路上，與由仁阿姨擦身而過——但結女卻說家裡好暗，可見我一走她就醒了。手中一失去我的體溫，她就……

……真是。

這女的罹患的感冒，是不是具有讓記憶倒退幾年的症狀？真是種怪病。

「…………喏。」

我把手伸到結女面前。

「這次我不會跑掉了。我會一直握著，所以……妳睡吧。」

「……嗯……」

結女就跟醒來的時候一樣，臉上浮現安心的笑容。

她用雙手稍稍使力，握住我伸出的手。

「……謝謝你，伊理戶同學……」

然後——她就這樣，將我的手擁入懷中。

「妳……！」

「嗯呼……」

結女雙頰掛著心滿意足的微笑，開始發出細微鼾聲。

豐滿的胸脯每次上下起伏，軟呼呼卻又柔膩黏人的觸感就刺激著我的手背嗚喔嘎嘎嘎咿嘰嘎咿嘎嘎軋軋軋軋軋！

再這樣下去，我將會惹上對生病姊妹性騷擾的罪名！可惡啊……！這女的就連受到病毒

侵襲的時候，都要陷我於不義嗎！

……我已經說好會握著她的手了，所以不能放開。

我注意著不要弄醒結女，悄悄挪開手的位置。

好不容易才移動到安全妥當的位置，我鬆了一口氣。假如剛才那場面被南同學看到，不知道會有何後果……

……咦？

對了，南同學怎麼這麼慢？

結女睡著後，南同學立刻就回來了。

「哎呀——不好意思，我剛才在接電話——」

好像是家人打電話給她。她說差不多得回去了，於是我送她到門口。

當然在南同學回來房間時我不得不鬆手，也不可能送人到門口還繼續握著她的手。就算是前年的綾井，也應該不會跟我計較這點小事。

「欸，伊理戶同學。回去之前，我有個問題想問你……」

「嗯？」

南同學忽然在門口轉過頭來，語氣一如平常地說了：

「結女跟伊理戶同學——只是兄弟姊妹，對吧？」

這句話宛如一根長槍，冷不防地射了過來。

它插進了我的心臟，為對話造成了短短一瞬間的空白。

即使如此——也就一瞬間。

僅僅一瞬間，我就恢復了冷靜。

「——是兄弟姊妹沒錯。只不過，是繼親。」

南同學抬頭看著我，「啊——！」恍然大悟地叫道。

「是繼親啊——！的確不是普通的兄弟姊妹呢！我都忘了，我都忘了！」

南同學踏著輕盈的腳步，離開我——我們的家。

「那麼，我告辭了——！要保重喔——！」

然後，她說著平淡無奇的道別話，就這樣離開了我家。

後腦杓的馬尾，直到最後都在左右搖擺。

◆

後來。

老爸與由仁阿姨聯絡我，說會晚點回來，害我只能悶著一肚子氣繼續照顧結女。

「我想喝動元素。」

「小心不要灑出來。」

「幫我買冰。」

「……要哪種？」

「我想買書。給我錢。」

「誰要給妳啊！」

從假寐中醒來的結女變得很任性，可憐的我變成了跑腿小弟。話雖如此，她畢竟是病人，我也不忍心責怪她。

「……手。再跟我，握一次。」

「……好好好。」

所以即使是這種事情，我也得甘願接受。我不像她平時那樣是個女魔頭，不會冷漠拒絕病人的請求。

然而……

「喂。差不多該量個體溫了。」

「……咦？」

「假如躺了一天燒都沒退，說不定是什麼重病的症狀。如果還是三十八度的話，就去醫院——」

「不、不用……我沒事！我好得很！」

「就是要確定妳好不好才要量體溫啊。好啦，把這夾在腋下。」

「不——要——！」

不知為何結女抵死不從，我半強迫地把體溫計夾到她腋下。

然後過了幾秒。體溫計上顯示的數字，使我受到了強烈打擊。

「……………三十六．五度。」

完全是正常體溫。

「……………」

「……………」

我把視線從體溫計移到結女臉上，結果這女的竟然立刻給我別開目光。

「……妳這混帳……什麼時候好的？」

「…………不予置評…………」

「該不會是南同學回去的時候就好了吧……？不會是明明已經好了，還裝病使喚我做牛做馬吧！」

「不予置評——！」

「……奇怪？那這樣的話，剛才叫我握著妳的手也是……」

「～～～～～唔！」

結女發出近乎慘叫的聲音躲進被窩裡去。

「喂，給我出來！看妳往哪裡跑，妳這健康寶寶！」

「不、不要！我不要！為了慎重起見，我今天就一直躺著好了！」

「睡夠了沒啊妳！竟敢藉故利用別人的善心！」

「呀啊——！」

我掀開棉被，讓結女從床上滾下來。

低頭看著已經完全退燒的臉，我給她一句話：

「妳是不是該表示點什麼？」

「……呃……」

「還是說，我得再握一次妳的手，妳才肯講？」

結女的臉出於發燒以外的理由，變得像紅綠燈一樣紅。

「……對、對不起，我不該裝病……」

「很好。」

我蹲下去，扶起摔在地板上的結女。

她背上流了好多汗。

「好吧……畢竟妳的確是病剛好，我就不跟妳計較了。總之妳把衣服換換吃個飯，今天就早點睡吧。」

「……你對我這麼溫柔很噁心耶。」

「……………！」

「很榮幸能獲得您的讚美，需要我握著手才能入睡的結女同學。」

結女撲回到床上去，用棉被蓋住頭。

「我沒聽見！我什麼都不記得了！我要換衣服了，你這變態弟弟快給我出去！」

「一下失憶一下又想起來，妳這記憶還真是來去自如啊……」

受不了。

「那我去煮晚飯了……就再接受妳一個要求吧。」

結女從棉被裡露出一雙眼睛，用小到極難聽見的音量，輕聲說了：

「…………不可以一聲不吭，就跑掉。」

……我是在問妳晚餐想吃什麼耶。

好吧，也罷。

「小事一樁。」

畢竟不同於前年……

這裡是妳家，也是我家。

♥前女友候汝入夢　「我剛才，做了什麼……！」

事到如今只能說是年輕的過錯，不過我在國二到國三之間曾經有過一般所說的男朋友。說到我為何會做出這種瘋癲的行徑，不得不說最主要的原因，是因為當時的我是個小孩看到都不敢哭的超級陰沉女。畢竟一個正常女生是不可能覺得那種男人帥氣的。

想描述當時的我究竟有多陰沉，以下例子可供佐證。

記得那是在國二的下學期，應該是在期中考前夕吧。活該遭唾棄的是，那時我與那個男的，在圖書館，就我們倆，忙著一邊卿卿我我一邊準備考試——對歷經準備考試地獄而脫胎換骨的我來說，那根本不能叫念書。只不過是假念書之名行發情之實，亦即與夏日蟬鳴並無二致。

那時我跟那男的開始交往才不過一個月，雖然沒有唧唧亂叫，但心臟卻怦咚怦咚地響個不停。

不只是在這所圖書館，這段時期的我們一直都是這樣——也就是所謂的發情期。或許是因為這樣，我在這時，犯了一個失誤。

——啊……

我的手臂碰到放在筆記本旁邊的橡皮擦，不知把它弄掉到哪去了。橡皮擦這玩意總是會毫無法則地彈跳——就像整人一樣不規則地亂滾，逃出追兵的魔掌。

我在書桌底下找了一下，但完全找不到。再加上橡皮擦本身已經擦到很小一塊，事情無可避免地發展到宣告停止搜查。

雖然沒什麼損失，但我忍不住很想嘆氣。

……就在這時，好像假惺惺地算準了時機似的，有人從旁遞了一塊橡皮擦給我。

——我有兩個，一個給妳。

當時論好騙程度無人能出其右的我，聽到這句並沒有特別溫柔的話，紅著臉頰點點頭，怯生生地收下了橡皮擦。

……進入重點。

假如事情只到這裡，那還只是個平淡無奇，會留下記憶才叫奇怪的日常插曲罷了，但當時的我就在此時發揮了陰沉本色。

當天。

我回到家後……

把拿到的橡皮擦……

收進了帶鎖的小盒子裡！

沒錯——這個無以名狀的陰沉女，把那塊橡皮擦，當成了「男朋友送給自己的第一份禮物」！

不不不不。就算那個男的再離譜，也沒痴呆到會送女朋友一塊橡皮擦當禮物。又不是早晨收音機體操的獎品，那只不過是一件資助的物品，跟什麼男女朋友的應該沒半點關係。

這種常識，對當時的我不管用。

我每晚將那塊橡皮擦當成神器一樣笑嘻嘻地供奉祭拜，反覆舉行邪教般的儀式。

雖然我想那男的當時的思維模式也不太正常，但若是看到我這副模樣也必定會嚇得魂飛魄散。瘋狂程度爆表。我都想以這時候的我，當成地雷女一詞的範本了。

可怕的是，後來每當我拿到那男人的隨身物品，都照例收藏進同一個小盒子。這麼做會讓我覺得即使待在家中，那男的依然陪在我身邊。

要是聽到一年半之後本人就會隨時待在只隔一堵牆的地方，當時的我恐怕會屁滾尿流而死吧。死於興奮而非恐懼。當時的我，就是如此陰暗而瘋狂。

這種褻瀆的收藏習慣，已於搬家之際與小盒子一同受到了封印。

但是，我當時並未察覺一件事。

封印終究只是封印。

僅僅遭到封印的事物，會在一點小機緣下甦醒過來。

——長眠的陰沉女，候汝入夢。

◆

當晚，關於我人生當中最值得一提的可怖事件，我被迫保持絕對沉默。然而，隨著秒針前進而膨脹的無以名狀的恐懼感，隨時可能從我體內溢滿而出，很容易就能想像到遲早會面臨極限。在此留下該事件的紀錄，期望能藉由以客觀角度觀察那晚籠罩我的瘋狂，來驅除這份不安。

有一條內褲。

……等等，先別急著想像。不是我的，是男生用的四角褲！

我睡前到盥洗更衣室準備刷牙時，那東西自動闖進了我的視野。四角褲的褲腳恰如觸手一般，從堆在洗衣籃裡的衣物中伸了出來——從入浴的順序來想，一定是我的繼弟伊理戶水斗的內褲。

「……好吧，那又怎樣？」

剛剛才洗過澡的人把內衣褲放在洗衣籃裡，有什麼好奇怪的？連分神注意的價值都沒有，就只是個隨處可見的普通現象罷了。

我平靜地走進更衣室，然後平靜地走向洗臉台，平靜地刷牙。

我腦中是這麼認為的。

——但在這時候，我的心理早已受到了非比尋常的瘋狂侵蝕。

我無意識地走向洗衣籃。

無意識地抽出四角褲。

無意識地注視著它的圖案。

……伊理戶同學今天穿了一天的內褲……

「————啊！」

我剛才，做了什麼……！我怎麼會雙手緊緊握著繼弟的四角褲？我不記得這幾秒鐘發生了什麼事！喔喔，神啊！

我雖然受到令人作嘔的恐懼擊倒，但仍試著把可怖的四角褲放回洗衣籃。這種場面若是

被人看見，尤其是一旦被那男的撞見——

「——嗯？」

「啊！」

我感覺到自己變得面無血色。

通往走廊的門開了一條縫，水斗出現了。

我發揮超乎常態的驚人反射神經，成功把手中緊握的可怖四角褲藏到了背後。好險啊！

「妳在裡面啊。我完全沒感覺到，還以為沒人在呢。」

「……是、是嗎？是你的五感變遲鈍了吧？」

看來是我在陰暗時期培養起來的技能自動發動，於無意識之中消除了存在感。真是多此一舉！要是感覺到我的存在，這男的說不定就會先離開了！

水斗詫異地皺眉看向我。

「妳在那裡幹什麼？」

——糟了！

我現在人在遠離洗臉台的洗衣籃前面。得找個合理的藉口……！

「……手、手機……對，手機！我把它忘在脫掉的衣服裡了！」

「哦……？」

幹得好啊我！這招漂亮！

對於我完美而合乎邏輯的說明，水斗似乎並未抱持任何疑問。他走到洗臉台前，拿起自己的牙刷。

本來以為可以趁現在把可怖的四角褲放回原位，但令我絕望的是，從洗臉台的鏡子可以把洗衣籃看得一清二楚。而且這男的不知怎地，一直盯著鏡子裡的我看。神啊，祢為何要如此考驗我？

「……你、你看什麼看啊。是對我穿睡衣的模樣興奮了嗎？」

話說出口，我才開始擔心如果他回答「對」怎麼辦，所幸水斗的回答很冷淡。

「沒什麼，只是因為妳一直看我。還以為妳有看人刷牙的模樣而興奮的性癖好呢。」

他一說到性癖好，害我聯想到藏在背後的可怖四角褲，心跳漏了一拍。但我勉強克制住，沒顯現在臉上。

「……就算我有那種性癖好，拿你當對象也絕對興奮不起來。」

「那我就放心了。」

水斗開始刷刷作響地刷牙。我是不會感到興奮，但是待在每天理所當然看見這男的穿睡衣刷牙的環境，直到現在都還讓我感覺很不可思議。

「……我說啊。」

刷完牙後，水斗轉向我這邊。

「還沒找到手機嗎？需要的話我可以幫忙——」

「咦？啊，不、不用，沒問題！不要緊的！已經找到了！」

由於水斗有意要走過來，我急忙拿出放在口袋裡的手機給他看。假如握在另一隻手裡的這個可怖物體被他發現，我的人生就完了！

「……是嗎。那麼，妳也早點睡吧。我也要去睡了。」

「好、好的。也是，你說得對。聽說睡眠不足最傷皮膚了。」

唔嗚……！現在只能暫時撤退了。

不得已，我把可怖碎布塞進口袋裡，跟水斗一起走出更衣室，好像要倉皇逃離某種肉眼不可見的事物那般躲進了自己的房間。

……怎麼辦？

我把醜惡卻又散發不祥魅力的四角褲在自己床上攤開，不知如何是好。

不，放回去就行了。放回洗衣籃。只要算好家裡所有人睡熟的時間，就不用擔心被任何人抓到。唯一的問題是——

我看向面對隔壁房間的牆壁。

那男的是個重度夜貓子。真佩服他這種生活習慣，每天早上跟我約好還不會遲到……也許當時有在努力吧。

換言之——我不知道歸還的機會何時才會來臨。也許是半夜十二點、凌晨一點，也可能是兩點。

真是，我還要睡覺耶！

但我總覺得抱著繼弟的四角褲睡覺，別說兄弟姊妹的底線，連作為一個人的底線都大幅跨越了，所以實在不想拖到明天。

……只能等了。

我一邊翻開看到一半的書，一邊豎起耳朵偷聽隔壁房間的聲音。不時可以聽見他在房間裡急躁地踱步的聲音。真不曉得是什麼事可以讓他這樣走來走去。

我絲毫無法專心——不只因為分神注意隔壁房間的氣息，也因為此刻我的房間裡有那個男人的內褲，嚴重干擾了我的精神。

我不假思索地低頭，看看放在旁邊的可怖四角褲。

……這裡是，我的房間……

……除了我之外，沒有別人……

……我做的事……不會，被人看見……

「……………………」

這時，恐怖的惡魔魔掌揪住了我的心臟。

我身子一倒躺到床上。我只是有點累了才會躺下，沒別的意思。那個男人的四角褲正好擺在我的臉旁邊也只是巧合。所以換句話說，我的鼻子湊向它也是——啊啊，心臟跳得好快。是心律不整嗎？又沒有什麼事好興奮的。心臟這樣狂跳不止，怎麼想都是生病了。算了，過一會兒應該就好了。對，只要做個深呼吸平靜下來——

嗅嗅。

「————————啊！」

將吸取的空氣完全送進肺腑後，我恢復了理智。

記……記憶又消失了。消失得真乾淨啊！連一點片段都沒留下呢——！

「……………喔喔喔喔喔喔…………」

我鑽進被窩裡，像胎兒一樣蜷縮了起來。

我抱住頭。

真想死。

這樣，我豈不是像個欲求不滿的單身狗嗎……！我應該早已從陰沉系畢業了才對！現在

的我應該是同年級當中最受歡迎的超正校園甜心才對啊！

都怪那男的把內褲放在那裡，害一年前的我一不小心就復活了。那個必恭必敬地祭祀一塊普通橡皮擦的可憎邪教徒！

……萬一，這件事，被那男的知道了……

我將會嚴重違反那個兄弟姊妹規定——沒有辯護或緩刑的餘地，當場宣判有罪。然後我就得當那個男人的妹妹……然後……然後……

『——唷，偷繼兄內褲的變態妹妹。告訴我妳想要什麼吧，妳想要我怎麼做？』

『我、我……才不是變態……！』

『哦～？妳是說偷內褲或者把橡皮擦收藏在寶箱裡都不是變態行為？那我這樣做也很正常嘍！』

『不、不要啊……伊理戶同學……！』

『要叫我哥哥！妳這變態妹妹！』

『哥、哥哥——噫呀啊——！』

歷歷在目的幻覺一進入不可告人的情節，我猛地掀開了棉被。

再……再這樣下去，我會發瘋的！只留下充滿奇怪內容的手記，就這樣死因成謎！

沒那閒工夫等那男的睡著了。這種東西，我現在就去放回原位！

我一把抓起可怖四角褲，把腳放到床下。

就在這時——

喀嚓一聲，我聽見隔壁房間的開門聲。

「…………？」

我豎起耳朵，就聽見下樓的腳步聲。

看看時鐘，已經過凌晨了。大半夜的，他要幹嘛……？

……也許，是個機會？

假如他是要去超商之類的，沒有比這更好的機會了。

總之，先確認一下那個男人要做什麼吧……

我把可怖四角褲塞進睡衣口袋，然後悄悄走到走廊上。

我往樓梯下面看看，但只看到一片漆黑，如暗夜大海般冥茫地填滿空間。

他跑去哪裡了……？

我一級一級，謹慎地步下樓梯。強烈的緊張感使我全身緊繃，害怕水斗隨時可能從幽暗深淵露出臉來。到時候我只要說我出來上廁所就好。我一邊如此安撫自己的心情，一邊踏上一樓的走廊。

客廳裡沒有人影。廁所也沒有燈光。也沒聽見家門開啟的聲音。

……這……也就是說？

盥洗更衣室裡似乎有人。我急忙逃進陰暗的客廳。

我就這樣屏氣凝息地待著，只見水斗的影子從黑暗中浮現。

我從客廳偷偷探頭出來窺探情形，看到水斗躡手躡腳地不敢發出腳步聲，往樓梯走去。

我們的爸媽畢竟還算新婚，所以我們晚上都盡量不發出噪音。他是因為這樣才放輕腳步，或者是有其他理由……？

水斗的身影慢慢地……消失在充斥樓梯上方的黑暗裡。

雖然不知道他剛才想幹嘛，但這是好機會。趁現在動手，絕不會被那男的抓到。

我放輕腳步走進了盥洗更衣室。太暗了什麼都看不見，於是我把燈打開。

看到變亮的無人空間，我鬆了口氣。這下總算可以擺脫心裡的重擔了……

——封印在我深層意識中的可惡陰沉女，我不會再放妳出來了。

我一邊堅定地如此發誓，一邊走近放在洗衣機旁邊的洗衣籃。

「……奇怪？」

這時，一種不祥的預感，狂亂地貫穿了我的背脊。

洗衣籃有兩個。媽媽顧慮到我是個年輕女孩，所以把女生衣物與男生衣物分成了兩籃。

其中，女生的那一籃……

我目不轉睛，盯著衣物宛若惡魔祭壇般高高堆起的頂端。那上面的東西，不容分說地向我暗示了一個我並不想知道的驚駭事實。

——那裡有一件胸罩。

從款式或尺寸來看……不管怎麼看，都是我的胸罩。

「…………」

我在把衣服脫下來放進籃子時，都會記得用衣服把內衣褲蓋住。

這當然是因為……我不想讓那男的看到。

那男的也跟我一樣。我現在手上的這個東西，一開始也是埋在衣物當中。

在我們家裡，沒有人會堂而皇之地把內衣褲放在眾人眼前。

既然這樣……

那麼我的胸罩，怎麼會這樣堂而皇之地擺在最上面呢？

「…………」

我一言不發，把帶來的四角褲丟進了男用洗衣籃裡。

……一條內褲，緩緩飄落在層層疊起的衣服堆最上面。

我想起了一件事。

今天我為了一點無聊雜事而來到盥洗更衣室時，那男的正好洗完澡出來。由於他已經穿

起了衣服，因此並沒發生什麼風波——但現在回想起來，當我出現的瞬間，那男人的細瘦肩膀，好像有受驚地跳了一下……？

然後，他好像把手藏到了背後，就像在藏什麼東西似的？

「………………」

我走出盥洗更衣室，走過走廊，步上樓梯，走過二樓走廊，打開了門。

不是我房間的門。

是水斗的房門。

「啊？……妳、妳幹嘛？也不敲門，這麼大半夜的……」

水斗一臉驚訝地轉頭看我。

他雖然是男生，肩膀卻比較垮，因此穿起毛線罩衫莫名好看。但我的胸口中，卻盤旋著想朝著他這纖瘦身子臭罵一頓的成千話語。

「……唔！～～～唔！」

可是……到頭來，我一句都吐不出來。

想說的話太多了導致舌頭打結，只有臉龐一直不斷變熱。

「……說真的，妳是怎麼啦？大半夜跑來別人房間，一個人在那裡臉紅，到底是哪門子的奇怪行徑——」

「——洗衣籃。」

我好不容易才擠出這句話。

「你去看看洗衣籃。然後你就懂了。」

「咦……」

水斗露出世界末日到來般的神情。

大概是認為自己的所作所為穿幫了吧——他那表情雖然讓我看得十分痛快，但非常遺憾地，我也沒資格天真無邪地幸災樂禍。

我讓路後，水斗拖著沉重的腳步走出房間，步下樓梯。

然後半分鐘都還不到，就用比去程快上一倍的速度衝了回來。

「妳……！啊……！」

水斗滿臉通紅地急著想跟我說什麼，但全都沒構成句子。看吧，我就知道會這樣！

我在等他回來的這段時間稍微恢復了冷靜，鄭重地宣布：

「現在召開家庭會議。」

我們彼此都不願意踏進對方的地盤，於是選擇深夜的客廳作為會議廳。

水斗坐進L型沙發的折角處，我在與他相隔三個人的位置坐下。

看到他的臉會讓我坐立難安，並肩而坐更是想都別想——所以也就只能選擇這個位置了。

「……來決定先攻後攻吧。」

我瞪著正對面的電視，壓低聲音說道。

媽媽他們睡在一樓的寢室——也有可能還沒睡，但總之都得安靜點。我們從一開始就講好，這場會議的唯一規定就是不許大吼大叫。

「……好。怎麼決定？」

「用最簡便的方式，猜拳。」

「贏的人先攻嗎？」

「當然是輸的人先攻了。」

「……說得也是。那麼，剪刀石頭——」

經過三次平手後，我輸了。

由我先攻。

我開始找藉口。

「我是逼不得已的！」

「不要忽然就開始大小聲啦，妳這大白痴！」

啊，糟糕。

我們探頭看看走廊，窺探寢室的狀況。媽媽他們似乎沒醒來。

我們急忙回到沙發上繼續找藉口。

「……我是逼不得已的。那是沉眠於我內心的另一個我做的，錯不在我。」

「麻煩妳掰個更像樣點的藉口好嗎？拜託。」

「我只不過是發生了一下回到陰沉時代的返祖現象而已嘛……！換做平常的我，死都不會要你的內褲……！」

「陰沉時代是吧。簡直好像在說國二時期的妳摸走我內褲就很正常似的。妳有什麼理由這麼說？」

「啊。」

糟了……這下我不是連國二的黑歷史都得解釋了嗎……！

「……連、連那個都非說不可嗎……？」

「非說不可。事到如今，就別再有祕密了。讓我們來徹底互抓把柄吧。」

「嗚嗚嗚嗚……！……你、你不可以嫌我噁心喔？」

「已經覺得夠噁心了，沒問題。」

「我可是聽見了喔？不許反悔喔……！」

我終於死心，把昔日我那種褻瀆的行徑和盤托出。

我告訴他：換言之，以前我把你給我的東西，從橡皮擦到零錢，一個不剩地全收藏在寶箱裡。

這是何等拷問……好不容易才封印起來的黑歷史，竟然得當著本人的面爆料。能不能請類似邪神的存在降臨，把這一切全埋葬到黑暗之中？

「……所以，或許該說那時候的收集毛病，突然又發作了……」

無意間往旁一看，水斗把臉轉向別處去了。他用手抓臉遮住嘴巴，肩膀微微顫抖。

啊，這男的……！

「你、你不是說過不會嫌我噁心嗎！」

「不、不是……可是……」

水斗偷瞄我一眼後，又把臉轉向另一邊去了。

嗚，嗚嗚嗚……！我究竟該感到受傷、可恥還是生氣？在不確定的感情中，我著急起來，總之先逼近水斗再說。

「那、那都是過去的事了！現在不會了！」

「不，沒有，我知道。我都明白喔？」

「看著我說話啦……！」

「不要。」

用這麼簡單的話拒絕我。你就這麼不想看到我的臉嗎？很好，我懂了。對不起喔，我就是個噁爛陰沉女啦！

就在我幾乎要開始鬧彆扭時，我發現水斗的耳朵微微泛紅……呃。

「…………你該不會，是在害臊吧？」

「…………我沒有害臊。」

「你、你很高興嗎……？高興聽到我收集你的橡皮擦或零錢什麼的……？」

「高興才怪。噁心，噁斃了。」

「那你就讓我看看你的臉啊！」

「就說不要了！」

水斗固執地不肯把臉轉向我。啊啊，夠了啦……！連我的臉都開始發燙了！

我用手替臉搧風降溫。得注意點，別做出引人誤會的反應才行。絕不能讓這男的誤會我還在喜歡他，想都不願去想。

「……不過話說回來……」

水斗繼續把臉朝向別處，像要轉移話題似的說了。

「真佩服妳願意實話實說。本來妳大可以隨便找個理由掩飾自己的行為，單方面譴責我的。」

「…………啊。」

「嗄？」

水斗訝異地看向了我。這次換我把臉別開了。

「……妳是不是在想，原來還有這招？」

「…………我、我才沒有……我這樣做是……對，是基於公平比賽的精神——」

「其實妳內心深處很想讓我知道吧？事到如今就誠實說出來吧，妳很想向我暴露自己的變態性情對吧？嗯？」

「換你了！」

這男的怎能如此準確說出跟我的妄想這麼像的話來啊！是有心電感應嗎！

水斗板著臉輕輕嘖了一聲。好險，原來是想趁亂跳過自己的藉口時間啊。我瞪著他表示絕不會放過他，「這個嘛……」於是水斗神情尷尬地開始說起。

「該怎麼說呢？我的情況是，那個……妳可能不會相信。」

「你說的話我基本上都不太相信，所以沒差。」

「…………它掉在地板上，所以我就撿起來了。」

「……………………」

我狠狠瞪著他那睜眼說瞎話的側臉。

「……卑鄙。你這樣太卑鄙了！就算是找藉口好了，哪有可能就你這麼剛好……！」

「不，是真的……！就掉在籃子前面！我撿起來想放回籃子裡時，妳就來了……！」

「不是要徹底互抓把柄嗎？你就承認算了嘛，我可以饒過你這一次。快點招了吧，承認你對我的內衣有遐想！」

「誰會……！……誰會……」

水斗又把臉別開了。

……那個，請等一下。你不立刻否認，我會……很為難耶……

「不，不是。我才沒有什麼遐想。我保證沒有。只是，稍微，那個……」

「……哪個？」

「……………覺得，比想像中還大……………」

「……啊…………唔……唔……！」

我本來想開口罵人，但什麼話都說不出來。

……啊啊啊啊啊！憑什麼變成是我在受辱啊！

是沒錯啦，比起跟這男的交往的那段時期，我胸部是長大了不少，他或許會感到很意外

——咦，等一下？

他怎麼會知道我的胸圍……？為什麼只是看到胸罩，就發現我的胸部比國中時期大？

……這男的，讀國中的時候，到底有多常看我的胸部？

「……我、我說你啊……你、你沒有用，我、我的內衣，做奇怪的事情吧……！」

「…………奇怪的事情是什麼事情？」

「這、這個嘛……」

被他用鬧彆扭般的語氣反問，我反而回答不出來了。

「用不著擔心，只是拿著在我的房間跟更衣室之間往返罷了——除此之外什麼都沒做，我發誓。」

「……真的嗎？」

「真的。」

「也沒有用手指戳罩杯的部位？」

「……真的沒有。」

「你怎麼好像停了一下！」

「真的沒……！」

水斗險些扯開嗓門，在最後一刻克制住，嘆口氣之後繼續說了：

「……既然妳問這麼多，那我也問妳。妳沒有拿我的四角褲做什麼奇怪的事吧？例如聞味道之類的。」

「……嗚唔……」

我不記得了。

「…………這下妳明白了吧。我們雙方就別再碰這件事了。」

「…………嗯，看來這才是明智的選擇。」

沒想到竟然有一天能跟這男的取得共識。真不愧是內衣褲，堪稱人類造就的劃時代發明。

好了，這下雙方都交出了藉口。再來就剩——

「……話說回來，水斗同學？」

「……什麼事，結女同學？」

「這個，應該那個了吧？……完全出局了吧？」

「妳是說那個規定吧。我明白。」

普通兄弟姊妹不會互偷內衣褲。應該吧。

「接下來是談判的時間……好了，我要讓你這個弟弟做什麼才好呢？」

「臭老姊。別以為我們兩敗俱傷，我就會對妳手下留情。」

後來會議陷入一片混亂，結果達成的協議是「彼此可以各下一個命令，只是不能違反公序良俗原則」，會議就這麼不清不楚地結束了。

「……嗯……」

意識一浮上表層，總覺得枕頭躺起來怪怪的，我把頭扭動了幾下。

這是什麼感覺……有點硬硬的骨頭感，卻莫名地舒適……明明聞起來不怎麼香，胸中心跳卻波動起伏……

「……嗯嗯……」

我在半醒狀態下翻身，把臉按在這個枕頭上。

……喔，對了。

這個枕頭……跟那件四角褲，聞起來很像……

「………嗯嗯嗯……？」

跟那件四角褲……聞起來很像？

閃過腦海的思維，使得意識逐漸清晰。

我戰戰兢兢地，睜開了眼睛。

然後，我總算認清了自己目前的狀況。

「…………」

我……睡在沙發上。

拿水斗的大腿當枕頭。

就是所謂的膝枕。

「…………」

在靜止的思考當中，睡前的記憶逐漸甦醒。

我記得，自己為了那些內衣褲的事，跟這男的召開了家庭會議——然後呢？

我不記得有回到自己的房間。

難道說……我就那樣睡著了……？

我慢慢地起身。

蓋在身上的毛線罩衫滑落了……我昨晚沒穿這種衣服。這是……想起來了，這是穿在水斗身上的罩衫。

雖說是春天，晚上還是會冷。這男的看我睡著，就幫我披上了……？

水斗坐著睡著了。也許是因為我躺在他大腿上，害他不能動。

……把外套給了我，自己不是會冷嗎？

這個人情我會還。我撿起掉在地板上的罩衫，蓋在發出細微鼾聲的水斗身上。
就在這時，忽然——他的嘴巴動起來，模糊地說：
「…………綾井…………」
我心臟一跳。
……真是……夢見什麼時候的誰了啦。也太依戀她了吧。
不過，好吧……只是作作夢，我就放你一馬好了。
「呵呵。」

霎時間，水斗的眼睛霍地睜開了。

「早。」
「…………！」
我啞然無言地當場凍結。
水斗在極近距離下，壞心眼地竊笑。
「一大早心情就這麼好啊。我說夢話叫妳的舊姓就這麼讓妳開心？」
……這……這男的……！

「你、你這樣做出局了吧！不是說過兄弟姊妹不會用姓氏互稱嗎！」

「我只是低聲說出了國二班上同學的姓氏罷了。還是說，妳對我呼喚這個姓氏有什麼特別的回憶？」

我、我說一句你頂十句……！嗚嗚嗚……！

「別這麼面紅耳赤的嘛，我是不知道妳是在害羞還是生氣啦……這是回敬妳的，妳沒有權利跟我抗議。」

「回敬……？我哪有對你怎樣……！」

「不告訴妳。想知道的話就錄下自己睡覺的樣子看看吧。」

水斗悠然自得地說完，把脖子轉動得喀喀作響。

「好啦，老爸他們差不多快起床了。就讓我們今天繼續努力扮演感情融洽的兄妹吧。」

「……跟你說過我是姊姊了。我就討厭你這種對小事斤斤計較的個性。」

「這話我原封不動還給妳。」

講完這種機車話後，「不對。」水斗偏著頭又提出相反的觀點。

「我只喜歡妳這種討厭我就直說的個性……不會害我誤會。」

「……誤會？」

「我的意思是，現在的我們日子還是得過。就讓我們隨自己開心過活吧，只要不給彼此

添麻煩就好。」

你從以前到現在哪有改變，不就是一個勁地看書嗎？就連約會大多都是我約你。我就是討厭你這種地方。

不過，我承認這話說得倒還有幾分道理。

現在是現在，以前是以前。

能為區區一塊橡皮擦感激涕零的我，已經是過去式了——曾經跟這男的交往的我，也已經是過去式了。

◆

就這樣，我們算是低調和平地結束了那個可怕的夜晚。

整件事到頭來，根本就只是一男一女耍白痴而已。那些可怖的現象統統是假的。

結束了稍稍做過加油添醋的回想，我現在正走在放學的路上。我在烏丸通右轉，想在回家之前順便去逛個書店。走了一小段路之後，那家大型書店所在的大樓，就矗立於公車站的前方。

書店位於二樓店面，一樓是某家知名漢堡店。兩家都是我們學校學生經常光顧的店，實

際上，店裡也能零散看到幾名跟我穿同款西裝外套的人。

記得好像還有跟那男的來過。在樓上書店買了書後，兩人邊看邊討論，結果差點被班上同學看到——

我一邊回想著這些，一邊走向通往二樓的電扶梯。就在這時……

——一個令人難以置信的地獄光景，撲進了我的視野。

在一樓漢堡店，擠滿學生的熱鬧店內，混雜了兩個人。

我的繼弟以及——簡直像以前的我那樣留著黑髮髮辮的女生，並肩坐在一塊。

昨天水斗說過的話重回腦海。

——就讓我們隨自己開心過活吧，只要不給彼此添麻煩就好。

「…………什麼～～～～～？」

隨自己開心過活是這個意思？

◆水斗◆

如同我不可能知道那女人的所有遭遇，那女的也無從得知我的所有遭遇。也許各位會覺得這是理所當然，但以我這種行動模式極少的人來說，其實還蠻容易忘記這一點。尤其是彼此的實際生活距離很近，就更是如此了。自認為對這傢伙的事情無所不知的傲慢心態，會引發不存在的錯覺。

我活的是我的人生，那女的也活在她的人生裡——即使如今住在一起，甚至共享半個名字，這點也不會有所改變。

話說回來，讓我將時間稍微拉回。

事情發生在那女的——我的繼妹伊理戶結女得感冒請假，沒去上學的翌日。

在冷清的學校圖書室，她主動來向我攀談。那個戴黑框眼鏡綁著髮辮，簡直跟以前的綾井結女一模一樣的女生，那天，跟我這個初次見面的人這麼說了：

——請以結婚為前提，跟我交往。

在夕陽斜照的書架旁，她向我求婚了。

◆ 結女 ◆

我承認。我受到了打擊。

昨天。那已經是昨天的事了。放學後，我造訪常去的書店時，在樓下的漢堡店裡，發現了繼弟伊理戶水斗的身影。

沒錯，我親眼看到——繼弟在跟我不認識的女生一起吃薯條！

當時我一時嚇得逃走，不知道那到底是在做什麼？約會？是約會對吧？因為我，跟他交往時，也在同一個地方……唔嗚嗚唔嗚嗚嗚嗚嗚嗚！

我心裡一整個不痛快，於是在家裡不動聲色地刺探了一下。

「……最近在學校過得如何？有……有沒有交到女朋友？」

「嗄？這是哪門子的酸法啊？托某位小姐的福，我已經受夠啦。」

這是我要說的好嗎！我才是明明很受歡迎，卻沒心情交男朋友！托某位先生的福！

總而言之，他看起來平靜如常，絲毫沒透露出跟那女生在一起的感覺。這男的還是一樣擅長擺撲克臉，完全看不出來在想什麼。

那個女生，究竟是誰？

她土氣得簡直跟以前的我一樣——是怎樣？他喜歡那一型的？哦——喔，是這樣呀。真對不起喔？我現在不是你喜歡的型了。

雖然跟我毫無關係，但我好歹跟他是一家人（好歹是一家人！），想了解一下對方是哪裡來的什麼人。

因此，放學後，我趁著聊天的機會，向交遊廣闊的南同學問了一下。

「戴黑框眼鏡綁髮辮的女生？嗯嗯——畢竟是明星學校嘛～這種女生很多喔？」

怎麼會有這種事……我看這所學校對土氣女生愛好者來說，根本是天堂吧？

我正因為心生危機意識而簌簌發抖時，南同學咧起嘴角露出下流的燦笑。

「不過話說回來，放學後在麥當勞約會啊～伊理戶同學看起來乖乖牌，沒想到這麼有一套～！也是啦，他既文靜又溫柔，仔細一看長得還滿帥的，會怕生的女生可能很容易煞到他喔～！」

正如您所說的啦！對不起喔，我就這麼單純啦！

回想起來，昔日的我之好騙程度真是無法用筆墨形容。應該說與男生毫無接觸點的陰沉女，只要被溫柔對待一下就會喜歡上對方了啦！這是大自然的天理！

換言之那男的，因為平常那副德性沒女生愛，所以盡挑難度低的女生下手。真是小肚雞腸，竟然想玩弄純潔無瑕的柔弱女生！

既然這樣我可不能默不作聲。為了不讓第二、第三個我出現，我必須幫助那個女生。趁現在還來得及！

「……啊！已經這麼晚了。」

南同學看看智慧手機，把書包掛到了肩膀上。

「抱歉，結女！我今天也要打工！」

「喔，好。我一個人沒關係，打工要加油喔。」

「那就之後見嘍～！」

南同學朝氣十足地揮揮手，就用小跑步奔出了教室。教室裡只剩我一個人。我沒什麼預定計畫，目前也沒加入社團，再來就只剩回家了。

這樣正好。我得趁這個機會，想想如何從那男的手中救出無辜女生才行。

然後回到家中……

我在玄關看到了女生的樂福鞋。

「…………………」

我再看一遍。

我家的玄關，有一雙女生的樂福鞋。

——嗄啊啊啊啊啊啊啊啊〜〜〜〜〜？

我凝視著這雙隨便脫在水斗運動鞋旁邊的鞋子。不是我的，也不是媽媽的。以我們來說尺寸太小了。會穿這麼小號樂福鞋的女生，想必身材相當嬌小——對，就像日前，跟水斗在一起的那個女生。

那、那男的……！騙人的吧？已經帶回家了嗎！

升上高中以來連一個月都不到耶——我們開始交往的時候，要等上半年他才讓我進家門耶……！

想到這裡，我忽然間想起一件事。

……那男的把我帶進他家時，目的是什麼？

我從玄關望向樓梯上方。

……不會吧。難道現在……就正在……？

不……不不不。太扯了太扯了！別人也就算了，那個窩囊廢出手哪可能這麼快狠準！

……可是，如果，我是說如果。

假如他拿跟我的關係當前車之鑑，執行閃電戰術的話呢？

假如我經過房間前面時，邪惡淫穢的聲音戛然而止，然後傳來慌張忙亂的聲響呢……？

不……不要！簡單一句話，不要！

…………總之，先窺探一下吧。

我先用手機錄下樂福鞋的影片。拍照會有聲音，所以用錄影的。

接著我悄悄踏上玄關，拎著脫下的鞋子躲進盥洗更衣室。

如此這般之後，我打給水斗的手機。

『……喂？』

「是我。」

『妳要幹嘛？』

「你現在人在哪裡？」

『嗄？在家啊。』

我凝神注意水斗周邊的聲音……沒聽見什麼。

「我想起爸媽有託我買東西。我現在在忙，你可以代替我去嗎？」

『什麼——』

口氣聽起來一百個不情願。這……這是因為女朋友來到了家裡，還是只是單純不想代替我跑這個腿？

『好啦，我去總行了吧，去就去……』

「拜託你了。」

『拜託我？』

電話另一頭，傳來嗤之以鼻的哼哼笑聲。

『妳竟然會拜託我，我看天要下紅雨了。』

「……你很煩耶。不要每件事都跟我頂嘴。」

『我是代替妳去跑腿，妳就讓我酸兩句吧。』

怎麼會有個性這麼扭曲的男人？如果有哪個女人想當這種人的女朋友，那一定是同樣個性扭曲的傢伙。

『所以我得買什麼？』

「現在正在想……」

『現在正在想？』

糟了！一不小心就做出了現在才在想的反應。

「啊，沒有啦……麵線！我是說我正在想麵線！」

『麵線……？還沒到夏天耶。』

「春天吃麵線有哪裡不對？麵線業者也不是只有夏天才在工作呀。」

應該吧。

『知道了，麵線就對了吧。還有呢？』

我隨便講幾樣日用品，然後掛掉了電話。

我在更衣室裡屏氣凝息了一會，就感覺到門外有人經過。

然後，喀嚓……接著是大門關上的啪答聲。

很好很好，他出去了，他出去了……

我豎起耳朵偷聽一下，確定水斗沒折回來，才離開更衣室。

現在這時候，那女的應該一個人被留在水斗的房間裡！看我去逮住她，跟她講清楚……

我並不是要威脅她「竟敢勾引我弟，妳好大的膽子」，而是要稍微提醒她「不可以隨便跑進男生的家裡」。我的善良讓全美觀眾都感動落淚了。

我步上樓梯，伸手握住水斗房間的門把。

我想把水平門把往下壓——但還來不及這麼做……

房門先從內側打開了。

「咦？」

「嗯？」

我跟一張熟悉的臉孔不期而遇。

我驚嚇過度，腦袋變得一片空白。

咦？

怎麼會？

這是怎麼回事？

「……妳怎麼會在這裡？」

水斗神情詫異地看著我的臉。

「妳叫我去跑腿，自己怎麼會在家裡？不是手邊忙不過來嗎？」

「咦，不是……等等，等一下。」

我腦袋混亂，回頭看了好幾次樓梯。

……他，剛才出門了……對吧？

這男的剛才，的確經過更衣室門口，走出了大門……

可是，水斗現在，卻一臉懷疑地盯著我看。人就在我眼前。

既然這樣——剛才走出大門的是？

「——啊！」

我火速衝下樓梯，從走廊跑回玄關。

……不見了。

樂福鞋不見了！

剛才還在這裡的，女生的樂福鞋不見了！

「妳是怎麼了啊，忽然跑走。急著跑下樓梯會摔死的。」

「你讓她跑了！」

我一把揪住走過來追上我的水斗胸襟。

「嗚哇！妳、妳幹嘛！幹嘛突然這樣！」

「你讓她跑了對吧！剛才！你放走了你帶回家的女生！」

「啥、啥啊……？女生……？」

水斗顯得相當困惑，皺起眉頭。

中計了。

他假裝是自己出門，其實是讓女生逃走！

他不知因為什麼原因，看穿了我已經回到家裡……！

「什麼帶回家啊？我一直都是一個人——」

「我看見了！看見這裡有一雙女生的樂福鞋！看，這就是證據！」

我把智慧手機擺到水斗眼前。「看到也就算了，妳幹嘛還錄下來啊……」水斗一面顯得有點嚇到（我又沒怎樣！）一面看著樂福鞋的影片，眉頭皺得更深了。

「這個……是今天錄的對吧？」

「對啊。而且，這跟我的尺寸不同，我捏造不了這種假證據。」

「這倒也是。」

水斗把腳塞進自己的鞋子裡，喀嚓喀嚓地轉動大門的門把。

「門沒鎖……」

「我說了，這是因為你放你帶回家的女生逃走，不是嗎？我可是有鎖門——」

「——妳去檢查妳的房間。」

水斗神情嚴肅地盯著我的眼睛。

「去檢查就對了。」

我照水斗說的，檢查了一下自己的房間。由於水斗說話的神情實在太嚴肅，我本來還以為在更衣室聽見的腳步聲可能是小偷，覺得有點害怕——

「……什麼異狀都沒有啊？」

我如此告訴在樓梯下方等我的水斗。

水斗的表情流露出明顯的困惑。我才是一頭霧水好嗎？

「不要嚇我啦……害我還以為有小偷呢。」

「……真的嗎？房間沒有被收拾乾淨，或是書架上的A書變多什麼的？」

「誰會去收拾啦！還有誰跟你變多，我一本都沒有好不好！」

幹嘛提到A書？莫名其妙。

水斗微微皺眉，用力搓揉自己的脖子。這是他想事情時的習慣動作。

「好了沒啊！可以跟我解釋清楚了吧！搞半天，那雙樂福鞋不就是你帶回家的女生穿的嗎！」

「啊？喔……是是是。對啦，帶回家了帶回家了。」

「嗄啊？承認得也太乾脆了吧……！」

水斗一副厭煩的態度抓抓頭，轉身背對我。我看他打算直接進客廳，於是從背後追過去

堵他。

「……幹嘛啦，我很累了。妳應該懂吧，讓我補充水分啦。」

很、很累……？意思該不會是——

我的腦中鮮明描繪出之前看到的那個土氣女生，跟水斗在密室裡做會讓人「很累」行為的場面。

「你、你這，你這個人，跟那個女生在房間裡做什——」

「嗄啊？」

水斗瞇起一隻眼睛，定睛瞪著我的雙眼。

「憑什麼我得跟妳說這麼多啊，結女同學？」

「…………！」

我答不上來，抿起嘴唇。

……他說得對。就算水斗真的帶女生回來了，我也沒資格生氣。也沒有權利叫他跟我道歉。

因為我們，只是繼兄弟姊妹罷了。

——我明明知道，為什麼心裡還這麼不痛快？

「……好啦，我下次會顧慮一下的。這次的事妳就忘了吧。我閃啦。」

水斗對著閉口不語的我輕輕揮手，然後打開了客廳的門。

霎時間，他停住了。

簡直像凍結了一般——盯著一個地方，愕然呆住了。

「…………？」

我順著他的視線看去。

我知道水斗在看什麼了——但果然還是不懂。

——餐桌旁，擺著五張椅子。

就只是這樣而已。

「……到底是怎樣啦……！」

一整個莫名其妙。

水斗就那樣滿臉驚愕，一言不發地縮回自己的房間去了。沒給我半句解釋。

「唉……真是。」

我姑且先回到自己的房間。還是一樣，沒有特別可疑之處。我覺得就跟早上起來的時候一樣……那傢伙為什麼叫我檢查房間？是為了掩飾帶女生回家的事情，還是有其他理由——

……算了。

我迅速脫掉制服換上居家服，砰一聲倒在床上。

披散的頭髮蓋住身體。明明是費盡心力留長的寶貝頭髮，現在卻覺得有點煩。

「……我是不是，又誤會了什麼？」

女生的樂福鞋。在漢堡店跟他坐在一起的女生……我是不是又把芝麻小事看得太嚴重了呢？

一嘆氣的瞬間，慵懶無力的感覺一口氣來襲，我的意識落進淺眠當中——

——你不喜歡我跟其他人做朋友，自己卻跟其他女生要好？

我還記得自己嘴裡一冒出那句話時的情形。

那一瞬間，向來彷彿體現泰然自若、冷靜沉著這兩個詞彙的他，神情困惑為難地搖擺不定，用迷路小孩般的眼神望著我。

我立刻就明白到，我說了不該說的話。

他已經道歉了，試著想跟我和好。他赤裸地告白了自己難看的獨占欲，一反常態地主動向我示好。但我卻——

在圖書室看到的光景一再重回腦海……在我們相遇的地點，充滿回憶的地點……他在那裡，跟其他女生有說有笑的光景。

我很明白那是我誤會了。

即使在當時，我的理性大概也明白這點。

可是，一度留下的印象永難抹除。一度留下的傷痕永難撫平。

——在充滿回憶的地點，我所信任的人，做了我最不願相信的事。

那種印象，早已將我的回憶、我的心情……撕成了碎片。

所以，在那種狀態下，不管有何種理由……一旦他對我擺出冰冷的態度，講話刻薄帶刺……那教我如何承受？

我本身是個沉默寡言又笨嘴拙舌的人。

但這不表示內心也一樣沉默寡言。

反倒因為真正的嘴巴不說話，使得內心沉眠著比他人多出幾倍、幾十倍的話語。

這所有的話語……

我竟然像感情潰堤了一般——全當著他的面講了出來。

……本來，是想跟他和好的。

為此，我還為即將來臨的暑假，想了好多計畫……而且本來想在那天，把這些都告訴伊

理戶同學。

結果，一切都白費了。

我們沒能迎接第二個暑假。

——自淺眠中醒轉過來，我緩緩起身。

可能因為趴著睡的關係，床單上有一片水漬。不知是口水，還是……

我沒打呵欠，卻用手背用力擦了擦眼睛。

窗外已經是一片漆黑。看來我睡得比想像中更久……也許是因為心神疲勞吧。這全都是那男的害的。

我照鏡子檢查一下臉龐。口水痕跡，沒有。眼睛有沒有變紅？沒有。很好。

家裡有個年紀相仿的男生會讓女生一刻都鬆懈不得，真是辛苦……雖然說真的，我在那男的面前其實沒有必要在乎外貌。

「結女——？妳醒了沒——？下來準備吃飯嘍——！」

「好——」我應了一聲。雖然聲音顯得有氣無力，不過一定是因為肚子餓了。絕對是這樣沒錯。吃過飯應該就會好了。

我如此心想，打開門走到走廊上，但就在這時……

從旁伸出一條手臂抓住我的手腕，用力把我拉了過去。

「呀……！」

我絆到腳，背部撞到牆壁才好不容易站穩。幹嘛突然這樣啦……！我火大地抬起臉一看，只見伊理戶水斗的臉就在眼前。

咦？

水斗握著我的手腕，用莫名充滿緊張感的目光定睛注視我的眼睛。明明感覺不到溫度，那眼神卻直率而堅定不移。那跟國二的我愚昧地為之心蕩神迷的，是同一種眼神。

我竟一時受到震懾，但總算是瞪了回去，擠出聲音說：

「你……你要幹嘛……」

「我要實行上次的懲罰。」

突如其來的一句話，讓我的腦袋一瞬間跟不上。上次的懲罰。懲罰？啊。大腦搜尋出了最近的記憶。

他是說那場令人恐懼作嘔的內衣褲事件的懲罰啊。根據「誰做出兄弟姊妹不該有的言行就算輸」這項規定，當時的結論是只要不違反公序良俗，彼此可以向對方下一次命令。

他現在，要行使那個權利——究竟打算要求我什麼？

……他帶女生回家時，不許我管東管西之類的？假如他真的這麼說，看我不痛罵他一頓才怪。

我下定了堅定的決心，但水斗卻說出了我想都沒想到的要求。

◆　水斗　◆

——餐桌旁，擺了五張椅子。

在看到這一幕時，為何我會受到那樣大的衝擊？

我所有行動的理由，最終都匯聚在這一個謎團上。

從在漢堡店跟我一起的女生、突然出現在玄關的樂福鞋、我叫結女檢查自己房間的理由，到我問她A書數量的原因——這些對結女而言想必莫名其妙的事情，全部起因自五把椅子當中暗藏的訊息。

我不惜實行兄弟姊妹規定的懲罰，向結女要求了什麼？

在公布答案之前，我必須先請各位正確理解那一幕代表的意義。為此，沒錯，我有必要從我的視點，將那場求婚之後發生的一連串事件重新爬梳一遍。

——請以結婚為前提，跟我交往。

如同我不可能知道那女人的所有遭遇，那女的也無從得知我的所有遭遇。

因此就讓我來述說始末吧。

述說在結女懵然無知的狀況下，逼近她的某種危機。

結女得了感冒，請假沒去上學的隔天。

我如同前來發掘化石的學者一般，開挖名為書架的地層。

地點在放學後的圖書室。

財力匱乏的一介學生想過著充實的閱讀生活，絕不能少了圖書館。就這點而論，這間圖書室從專業書到輕小說無所不包且藏書豐富，正適合我的需求，於是我剛入學沒多久，就成了這裡的常客。

這天發掘到的是年代久遠的輕小說。封面插畫讓人感覺到時代的眼淚，書衣邊緣磨損得破破爛爛。抽出借書卡一瞧，最古老的紀錄可追溯到二十世紀。我一邊對迸發的歷史情懷感到興奮雀躍，一邊移動到平常的固定位置。

我來到入口斜對面的牆角。在這個半密室型的空間，幾乎所有視線都會被書架擋掉——

我在圖書室看書時，總是讓屁股輕輕靠著那裡牆邊的空調設備。

背部沐浴在色調柔和的陽光下，我翻開書頁。嗯——這些獨樹一格的文章表現，簡直像直接刺進腦部一樣——正在沉吟時，我發現有人站到我身邊。

嗯……是從窗戶可以看到什麼東西嗎？

我從書本中抬起視線，看到一個把兩條髮辮垂在胸前的女生，用戴著粗黑框眼鏡的大眼睛望向我這邊。

「…………？」

我轉頭往後看。背後只有牆壁。

她在看什麼？又不可能是在看我……

「…………你是，伊理戶同學…………對吧。」

綁髮辮戴眼鏡的女生，聲量小得聽不清楚，但緊盯著我的眼睛說了。

哦，看來她是在看我。這還真不可思議。

「呃——抱歉，我有在哪裡見過妳嗎？」

「我……那個……有話想跟，伊理戶同學，說……」

綁髮辮的女生雙手手指在肚子前面扭來扭去。她給人的感覺與態度，讓我覺得似曾相識——就在無法忘懷的國二暑假尾聲，綾井結女給我情書的那個瞬間，與現在這個狀況重疊在

一塊。

嗄？

不，怎麼可能——我跟這女生是初次見面耶？一個陌生的女生，哪有可能突然——

我定睛注視低垂著頭的眼鏡妹。總覺得好像在哪裡見過這女生……？

就在我產生這個疑問的瞬間……

「——噗哧！」

眼鏡妹忍不住噴笑，摀住了嘴巴。

「噗，呵呵，呵呵呵呵呵……！哎呀——竟然都不會穿幫呢！伊理戶同學你一直沒發現，害我都不知道該何時收手了！」

女生的說話口吻突然變了。外貌沒變，還是一副「我很認真」的模樣。但從嘴裡冒出的聲音，卻給人一種快活歡樂的感覺。

感覺真怪。就好像外國電影的日語配音完全不搭的情況一樣。

「嗯——還是沒認出來嗎？那我就重新來個自我介紹吧。等我一下喔——」

眼鏡妹低下頭把臉藏起來，摘下眼鏡，拿掉綁頭髮的髮圈，將放下的頭髮抓到後腦杓，用這副模樣再次抬起頭來。

「你好！這樣就認得出來了吧？」

「——啊。」

什麼認不認得出來——我昨天才讓這人來過我家。

馬尾髮型，加上仔細一看同樣嬌小的體格——以及給人小動物印象的氛圍……

「……南同學？」

「答對了！如何？認真讀書型也挺適合我的吧！」

南曉月重新戴起眼睛，迅速把髮辮重新綁好，咧嘴開朗地笑。

我完全沒認出來……光看外貌的話，不管怎麼看都是個認真讀書型女生——難怪都說做人九成看外表。

「我有點不太想被人看見，所以試著換了個造型——！嘗試打扮成適合跟伊理戶同學講話的模樣了！」

「……這到底是在開什麼玩笑？還以為妳要跟我告白咧，嚇了我一跳。」

「啊，這你不用擔心。盡量嚇到沒關係。」

「嗄？」

「伊理戶同學。請以結婚為前提，跟我交往。」

我就像在看翻譯很爛的小說時那樣，閱讀能力罷工了。

「…………抱歉，妳說什麼？」

「咦——？討厭啦，要專心聽啊——」

南同學稍稍向我靠近過來，隔著黑框眼鏡直勾勾地注視著我，重講一遍：

「伊理戶同學。請以結婚為前提，跟我交往嘛。」

……奇怪？我真是的，怎麼好像又聽錯了？

交往……應該說，怎麼好像聽到她說「以結婚為前提」？

「奇怪——？還是沒聽見嗎？我是說請伊理戶同學以將來結婚為目標，讓我當你的女朋友，跟你談戀愛。Do you understand?」

「…………I don't understand.」

難道說，我升上高中還沒過一個月，就被班上同學告白了？

應該說是被求婚了？

……ＯＫ，冷靜點。這一定是某種陷阱，或者是誤會。我得Cool地收集情報，Clever地下判斷才行。

「……南同學，妳想跟我結婚嗎？」

「想。」

「……南同學，妳喜歡我嗎？」

「不討厭吧。」

「……南同學……妳為什麼想跟我結婚？」

「這是因為啊！」

南同學表情瞬時變得光彩四射，用最燦爛的笑容回答：

「只要跟伊理戶同學結婚，就可以當結女的妹妹了！」

「…………………………………………………………」

I don't understand.

『——然後，她就跟你滔滔不絕地闡述了伊理戶同學哪裡好，是吧。好像某種強迫推銷似的。』

「就是這麼回事……」

當天晚上，我在自己的房間用手機跟朋友川波小暮講電話，嘆了好長一口氣。

「一整個莫名其妙……她那是什麼意思啊……南同學原來是那種人嗎……？」

『她就是那種人。糟透了吧？哇哈哈！』

川波不知為何心情好到不行。簡直好像得到了知己的阿宅一樣。

『現在有學會擬態已經不錯了，她以前可是從來不隱藏的。之所以報考了幾乎沒有同

所國中同學的高中，鐵定也是為了這方面的理由啦。』

原來她也是高中出道組啊。結女也是，出道組人數還真多。

「她，那個……到底是什麼樣的人啊？記得你很久以前就跟南同學認識，對吧？」

『容易一頭熱，絲毫沒有要冷卻的跡象——這就是南曉月。』

川波用比平常略為認真一點的口吻告訴我。

『一迷上什麼就會勇往直前，而且無限升溫。就跟失控的核電廠沒兩樣，向周圍散播有害物質，最後以大爆炸做結。』

轟——川波在電話另一頭開玩笑地說。

「大爆炸……這話是什麼意思？」

『這樣說好了。我是不太想讓家醜外揚，不過還是跟你舉個例子吧——國中時期，南曾經有個男朋友。』

「咦？」

南同學有過男朋友？……有點難想像。也許是因為她外貌很幼齒吧。

『那男的真是個笨蛋，對吧？當然，南迷戀他的程度非比尋常。她所有時間都跟那男的混在一起，什麼事情都幫他做。她那男朋友，一開始似乎也很享受喔？喜歡的女生——而且是個還算可愛的女生把自己伺候得好好的，作為一個男人當然不可能不高興嘍。』

明明是轉述聽來的事情，卻好像發自內心似的……川波並未察覺我內心想法，繼續說：

『話說回來，過了三個月之後，你猜發生了什麼事？』

「她懷孕了？」

『——是男朋友壓力過大病倒，住院了。』

「嗄？」

不，等一下。

那男生不是被伺候得好好的嗎？不是照顧人，是自己被照顧對吧？怎麼會是輕鬆的一方病倒？

『這就是南曉月可怕的地方了……』

川波的聲音，帶有一種陰鬱的味道。

『你沒聽說過貓也是這樣，被人整天摸來摸去會累積壓力嗎？南曉月就是會用這一套對付一個活人。她投注過多的愛，疼愛喜歡的人事物疼愛到沒有極限……**疼愛到害死對方**。』

我不禁倒抽一口氣。

一時讓人難以置信……但的確，試著想像一下，就覺得不難理解。

假如我就跟那個男朋友一樣，陷入生活大小事都被女朋友照顧的狀態……恐怕會覺得生命尊嚴遭到否定吧。好像自己成了一隻寵物似的……

『之前伊理戶同學請假時，南有去探病吧。那時她應該有顯露出一些跡象才對，你沒有印象嗎？』

經他這麼一說……南同學餵她吃東西又幫她吹涼，以一個認識不到一個月的朋友來說，照顧起病人來似乎是太不辭辛勞了點？

『哈！真是個沒節操的女人，男人不行就換成喜歡女生啊。』

「怎麼了？」

『沒什麼，一點私事……話說回來，伊理戶，聽完我說的這些，你會想跟南結婚嗎？』

「一點都不想。我這人不喜歡別人管我太多。」

『那你就別擺出曖昧的態度，要清楚明白地不斷拒絕她。你或許會嫌煩，但不能氣餒喔……假如那傢伙做得太過火了，你再找我商量。到時候我幫你想更直接的方法。』

「太過火？比方說呢？」

『嗯嗯……這樣說吧。這也是我國中時期聽來的傳聞，是那個瘋婆子實際上幹過的好事——啊……不，還是算了，講這個只會把你嚇到。抱歉，當我沒說。』

「……你是不是覺得故意吊人胃口很好玩？」

『實際上試過才知道……這可是超好玩的。』

川波哈哈大笑說：『好啦，有什麼事再聯絡我。』就掛掉電話了。

我本來想問他怎麼對南同學的事這麼清楚，但直到最後都沒機會問。

後來南同學繼續纏著我不放。

「好嘛——我們結婚嘛——」「我是付出型的喔——？」「你說嘛——你就這麼討厭我嗎～？」「我會生很多小孩喔——？」

就像這樣，成天喊著結婚結婚。看來她連講甜言蜜語的打算都沒有。就連我待在漢堡店專心看書的時候，她都沒完沒了地死盯著我瞧，用視線跟我求婚。

然後，那件事就發生了。

「你讓她跑了對吧！剛才！你放走了你帶回家的女生！」

內衣褲事件之後過了兩天，結女唐突地跑來罵人，拿這種無中生有的罪名怪我。

就她的說法，玄關似乎有一雙陌生的樂福鞋。怎麼可能。本來以為她一定是把自己的鞋子看錯了，但一看到證據影片我就改變了想法，知道這並不好笑。

那雙樂福鞋，是體格必須像南同學那樣嬌小才能穿的尺寸。

家裡大門沒上鎖。這就表示剛才有人出去了，而且沒有我們家的鑰匙。既然這樣，那麼那人是何時，又是如何進來的？

……我心裡有底。我回家上樓進房間時，覺得好像忘了鎖門所以回去看看，結果有鎖。大概在這時候，這雙小樂福鞋已經在那裡了。只是被玄關台階擋住沒注意到罷了。

被闖空門了。

南同學每天放學時照樣纏著我，今天也是。她一路跟著我回家，因此只要豎起耳朵偷聽，就能聽出我忘了鎖門內鎖——

雖然這不是常人會做的行為，但只有這個可能。沒把樂福鞋藏起來，表示她是一時起意而犯罪。突如其來的好機會讓她行事不夠冷靜。

川波那些若有所指的話閃過腦海。國中時期，南曉月實際上做過的事——

我讓結女去檢查房間，趁這時候打給川波小暮。

『正如你的猜測。那女的啊，曾經闖空門進過男朋友的房間。』

川波立刻就告訴我了……果然。

『說是闖空門其實也沒什麼。就是房間被打掃過，在裡面像案發現場一樣狂拍照，然後電腦裡的H圖增加了。』

「還增加啊，不是減少？」

『是啊。而且是完全配合男朋友的喜好。』

……不知道為什麼，總覺得比被刪掉更可怕。

「總而言之，沒有實際損失就對了吧？既然如此——」

『不，只少了一樣東西……枕頭套換成新的了。』

「…………啊……」

我想起上次結女說過的黑歷史。難道ＪＣ（註：此為國中女生的簡稱）都會收集這種東西嗎？

……不管怎樣，我該怎麼跟結女說呢？

妳的朋友這麼快就已經變成跟蹤狂嘍？說得出口才怪！給人的打擊太大了。可是，不然該怎麼做呢……？

我以為南同學一定是進了結女的房間，正在煩惱時——

「……什麼異狀都沒有啊？」

這是結女的回答。

南同學並沒有進結女的房間。這就是事實。

既然這樣，那她去哪裡了？

她不惜擅闖民宅，到底都做了什麼？

——好，總算追上現況了。

我想各位已經猜到，後來我目睹的光景代表何種含意。

南曉月的目的，是跟伊理戶結女成為一家人。跟我結婚不過是手段罷了。她的最終目的，終究還是跟結女成為一家人。

而我家是四人家族。

記住這些條件，現在再看一遍這個狀況吧。

——餐桌旁，擺著五張椅子。

『那女的跨越底線了。』

我回到自己的房間重新打電話後，川波小暮語氣堅定可靠地宣布：

『看來那女的一點都沒學乖。沒辦法，雖然我非到不得已實在不想這麼做，但得給她一點教訓才行。嘻嘻嘻嘻！』

「……怎麼覺得你一整個開心？」

可靠的語氣消失到哪去了？我可是保持著還算嚴肅的情緒耶？

「你在打什麼鬼主意？照你這麼說，應該是有想到辦法吧？」

『當然嘍。簡言之，只要讓那女的對伊理戶同學死心就行了。說到這時候該用的手段，古今中外就只有這招了吧。』

我不知道他在講哪裡的古今中外，總之先安靜聽他怎麼說。

川波語氣莊嚴肅穆地宣告了：

『伊理戶水斗。我要你現在去找伊理戶同學，這樣告訴她——』

然後，我後悔不該乖乖聽他把話說完。

◆　結女　◆

水斗說出了我想都沒想到的要求。

「——妳明天，跟我約會。」

前情侶要約會〈下〉「臭狂熱分子。」「臭宅男。」

◆ 水斗 ◆

事到如今只能說是年輕的過錯，不過我在國二到國三之間曾經有過一般所說的女朋友。

單純計算的話期間長達約一年半，但比起時間的長短，我還有那女的，約會經驗值都低到不行——這是因為我們兩個的生活圈，都比野貓還要狹小。

選擇一、書店。

選擇二、圖書館。

選擇三、古書市集。

好，今天要去哪裡？

大致上就像這樣。

據說世間情侶都會去ＫＴＶ、電影院、餐廳或是鴨川沿岸等等，各種約會行程全部來一遍，但我與綾井基本上都不愛出門，不覺得有必要特地跑去不習慣的地點。

所以今天的計畫對我來說，也充滿了未知的要素。

星期六早上，我比平常起得更早，迅速把衣服穿好，然後沒跟結女打聲招呼就走出家門。

我跟結女約好在京都塔的前方碰面。因為約在那裡比較像約會——那個男的是這樣指示我的。

我跟著地下鐵一路搖晃到京都車站，從八条東口走出車站大樓。

目的地是附近夜行巴士的候車室，是個附洗手間與化妝室等設備的付費休息區，價格合理，即使是學生的瘦荷包也負擔得起（聽說是）。

我從門口走進去後，那個男的——川波小暮坐在椅子上，轉過頭來看我。

「嗨，伊理戶——啊，呃……」

川波穿著七分袖襯衫配七分褲這種只適合輕浮不羈型的打扮，一看到我就一臉傻眼。

「你啊……現在可不是要去超商耶？」

「我知道啊。」

「那就再加把勁穿搭一下啦！」

「？」

有哪裡奇怪嗎？我只是跟平常一樣，打開衣櫃拿出最上面的衣服穿了就來而已啊。

唉～川波無奈地嘆一口氣。

「好吧，預料中事啦。我早就猜想你是這種型的了。」

「這種型是哪種型？」

「就是連約會都不注重穿著，會讓女生有點無法忍受的那型啦！」

這我無法接受。從來沒人抱怨過我的穿著啊。

「所以嘍，我這邊給你準備了一整套衣服，去換上吧。時間緊迫。」

「什麼？我覺得穿這樣沒什麼不好啊……」

「就跟你說行不通了！看來我得重新跟你解釋一遍今天的宗旨了！」

川波硬是把我推進試衣間，扔了一套新衣服給我。連鞋子都準備了我的尺寸。這是怎樣，特地準備的？全部加起來可以買幾本文庫本啊……這男的幹嘛為了別人的約會這麼賣命？好噁。

「我這個死黨為了你的——不，是為了你們的約會自掏腰包，你用這種眼神看我不應該吧，伊理戶同學。」

「抱歉，我無法欺騙自己的感情。老實說我覺得很噁。」

「不要講得好像在回絕告白一樣啦！不過所謂的興趣大多都很噁，我就原諒你好了。」

竟然還隨便我講？應該說幫我打扮是你的興趣？真的噁爆了。

「聽好了，伊理戶。今天約會的目的，是要讓那個世間少有的陽光系病態女南曉月對伊理戶同學死心。」

換好衣服後，川波一邊替我抹了滿頭髮膠，一邊重新確認今天的作戰概要，好像想斷我的退路一樣。

「我們要把入學後沒多久的伊理戶結女兄弟控宣言假戲真做——只要知道伊理戶同學只對你有興趣，南那傢伙的突發家人願望應該就會徹底破滅了。為此，你必須讓伊理戶同學為你瘋狂，愛你愛得要死，把南的一顆心摔個粉碎才行。」

畢竟那女的一聽到你要跟伊理戶同學約會，鐵定會跑來偷窺的——川波如此說。

……道理我懂。懂是懂……

「喂喂，怎麼了？接下來就要跟同年級最漂亮的正妹約會了，你怎麼一臉不高興啊？」

「……我不能說出南同學的事情，所以也無法跟那傢伙解釋內情。這也就是說，我必須認真，拿出真本事，將那女的把到手才行。還有比這更令人心情沉重的事嗎？」

「就我的個人看法，我倒覺得說不定很簡單喔。」

嘻嘻嘻。川波不負責任地笑著。聽這傢伙在胡說八道……

這種擺明了是出自川波的興趣策劃的計畫，我當然不服氣了，但是又苦於想不出替代方案。

事到如今，我得挽回蜜月期走到盡頭而分手的女友的心——越是去想這件事，就覺得越像是哀求前女友回心轉意的男人，令我很不情願。

就在我不斷地唉聲嘆氣時，川波似乎把工作做完了。

川波打量了一番自己的作品——也就是我的穿搭後，發出呻吟。

「……這、這真是……」

「這麼難看嗎？不要弄就沒事了……」

我本來就跟時尚這種概念八字不合。就算穿貴一點的衣服，也只會跟內在不搭調。完全是浪費時間。我伸手想把被弄得跟蠟像一樣硬的頭髮抓散……

「等等！等一下等一下等一下！」

卻被著急的川波竭盡全力攔阻了。

川波用目前為止最嚴肅的神情急躁地說：

「快去！別想太多，就用這身打扮去吧！去了你就懂了！」

是要我去丟人現眼嗎？這男的到底是想讓這場約會成功，還是想搞砸？

我再度憂鬱地嘆氣，走出了候車室。

奇怪，總覺得路上行人都盯著我瞧。

……右分。啊！太偏右了，左邊一點。好……不，嗯……？

我拿智慧手機當小鏡子，一再調整瀏海位置。

這裡是KYOTO TOWER SANDO的前面。我背對像蠟燭似的白塔，等繼弟來。

當然事到如今，我才不想跟那男的約什麼會，但他說是違反規定的懲罰，使我無法拒絕。但我總覺得，像這樣約會也算是違反規定。

「……不對，如果是感情不錯的兄弟姊妹，假日兩個人出去玩應該不奇怪……吧？特地約在家裡以外的地方碰面也很正常……大概吧！」

沒錯，這是繼姊弟活動的一個環節，絕不是男女之間興奮浮躁的那種活動，跟我們過去的關係毫無瓜葛！對！

我一邊頻頻注意時間，一邊對瀏海的造型猶豫不決時，發現周圍有很多人用含笑的眼神看我。

自從替自己做了大改造以來，最近我已漸漸習慣成為眾人目光的焦點。可是，這種含笑旁觀的視線究竟是……？就連在路上到處找女生搭訕的男生，都用關愛自己小孩的眼神看著

我。

我有哪裡不對勁嗎？心浮氣躁地一直把瀏海調整來調整去有那麼好笑嗎？還是穿搭？因為說是約會所以就精心打扮了一番才過來有什麼不對嗎？嗚嗚嗚……真讓人待不下去！

「……不知道來的會是什麼樣的男生……？」

「……既然是那個女生的對象，絕對很帥啦……」

我聽見竊竊私語的聲音。

外貌成功脫胎換骨也有好有壞。以前我們約碰面時並不會引起任何人注意，如今周遭卻瀰漫著奇怪的期待感。

好尷尬……等會要過來的，是個不知時尚為何物，一看就覺得沒出息的男生。雖然我不好意思講得這麼自戀，但坦白講，現在的我跟那男的在外觀上完全不相配。

這下得做好被取笑的心理準備了——

就在我下定堅定決心時，一陣低沉卻又悅耳的嗓音飛進了我的耳朵。

「有點來遲了。」

◆　水斗　◆

「有點來遲了。」

就在我用這句話，跟背靠著牆壁的結女打招呼的瞬間……

她一抬頭看見我……

「咦啊……？」

就發出了蠢笨的聲音。

我皺起眉頭。

……就說了我不適合這樣穿吧。真要說的話，現在的這傢伙跟我站在一起根本不配，偏偏川波莫名其妙想讓我耍帥……

不知是不是心理作用，總覺得周遭旁人也開始看我了。結女光看外貌的話，好吧還算稱得上可愛。結果她等的人卻是個耍帥的老土傢伙，一定讓群眾大感困惑吧。

平常我不會在意旁人的眼光，但這時候也不免開始覺得尷尬。

川波……你給我記住。

「……呃……」

結女連連眨了好幾下眼睛，手指著我。指尖微微地顫抖。

「你是伊埋戶水斗……對吧？是我的繼弟對吧？」

「……我是伊理戶水斗沒錯。就是妳繼兄本人。」

一看不就知道了？

結女的視線從頭到腳，又從腳到頭，把我全身上下打量了好幾遍。最後，結女不知為何肩膀開始發抖，用雙手摀住了自己的嘴巴。

「好————」

◆　結女　◆

————好帥喔～～～～～～！

我一邊在心中尖叫，一邊抬頭重新看看站在眼前的男生。

穿著沒有特別誇張。一身乾淨整齊的淡色調背心、襯衫與牛仔褲，算是安全牌。就是最起碼不會讓走在一起的女生丟臉的低風險穿搭。

可是，帥翻了。

端正五官形塑出的知性配上有些困惑的表情，造就了絕妙的小弱點。我的母性本能受到挑動，讓我想引出他更多困惑的模樣。

但同時，衣領之間若隱若現的鎖骨，以及可從袖口一窺的手腕卻又迸發出異樣的性感魅力！怎麼可以只拿這種地方展現男人味啦，太犯規了！

最狠的是神情儀態當中，若有似無地流露的一絲陰影。會害我忍不住想說：咦咦？怎麼了怎麼了，發生了什麼事嗎？你有什麼隱情嗎？講給我聽聽看沒關係唷？

帥翻了。這是什麼知性系兼神祕型暖男？帥翻了帥翻了。是我的妄想成真了？帥翻了帥翻了帥翻了。世界急速失去了真實感。帥翻了帥翻了帥翻了帥翻了！

「……有什麼話請妳直說。」

水斗一邊略顯害臊地別開目光，一邊用指尖摸摸抓出造型的瀏海。這小動作實在有型到過分，周圍的喧鬧聲開始夾雜女生的尖叫。

一個活像從女性向手遊冒出來的傢伙突然現身，當然會引人注目了。

這是我的前男友兼繼弟。

我產生一股想炫耀的衝動，但努力克制住了。

……冷、冷靜點。不要被外貌欺騙了。不管看起來多帥，平常不顯眼的長腿穿起牛仔褲顯得更修長，說到底，骨子裡還是那個男的——對，就算外貌再符合理想，也不見得連個性都完美！

「沒……沒什麼啊？我沒什麼想說的。這不重要，要去哪裡就快去吧。都是因為你，害

時間變得有點緊湊。」

我雙臂微微抱胸壓抑住內心動搖，勉強擺出了一如平常的態度。

呼，好險。幸好這男的是個空有顏值的紙老虎。呼——謝天謝地。幸好這傢伙不是會用溫柔強悍各半的絕妙力道拉我手的紳士——

「也是，那就快走吧。」

水斗說完，用溫柔與強硬八比二的力道，輕輕拉起了我的手。

周圍的女生興奮地尖叫一聲，我則是哀嚎一聲死於心臟病。

◆ 水斗 ◆

要隨時走在靠車道的一邊。

如果她快要撞上路人，就不動聲色地把她拉過來。

等紅綠燈時要找話題聊。

假如她似乎對什麼東西有興趣，要問一聲。

我把川波給我的指示，一個個都實踐過了。

我也知道這樣做不像我的個性。就連在交往的時候，我都沒這樣把她當公主似的，事事顧慮她的心情。

公主本人似乎也有所感覺，一直不高興地閉口不語。而且我們好像很引人側目，感覺得到旁人都在看我們。

……這樣還怎麼把妹啊。我就知道不該多此一舉，照平常那樣不就好了？

每當我這麼覺得，口袋裡的手機就會在絕妙的時機震動起來。這是川波打的信號，意思是「沒問題」。

……真的嗎？

我不動聲色地，用眼角餘光偷看了一下擺臭臉抿起嘴唇的結女。

我現在再這樣溫柔對待這女的，她應該也只會覺得肉麻才對吧。

◆ 結女 ◆

感覺超棒的～～～～！

是怎樣！這男的今天是怎麼搞的！超紳士的！好溫柔！一舉一動全刺激到我的萌點！

不、不妙……我抿緊嘴唇。

要是在這種大庭廣眾之下嘻嘻竊笑，看起來會像個神經病。我得忍耐，忍耐，忍耐……

「……哇，你看你看，那兩個人……」

「……超強的，男神女神配……」

聽到擦身而過的情侶這樣小聲低語，我感覺到自己的嘴角在抽動。

這一年來努力轉職成正統派美少女的我（自誇又怎樣？），跟突然轉型成知性暖男的水斗走在一起，的確不用爭論也能確定與隨處可見的浮躁情侶有著天壤之別，甚至呈現出一副高雅有格調的畫面。

在這無數人群蠢動的地方，我們倆等於站上了眾人頂點。

短短一年前都還見不得光的我們——原本只是教室裡擺飾的我們！

……感覺棒透了……

我甚至忘了要跟走在一起的水斗說話，只顧著聽旁人的聲音。啊啊，又有人在竊竊私語我們的事了。

「……哦——他們倆感情好好喔……」

「……喂，別盯著人家看啦……」

沒關係！不要緊的！盡量看！雖然我們感情並不好！

◆ 水斗 ◆

「……哦——他們倆感情好好喔……」

「……喂，別盯著人家看啦……」

這聲音讓我差點回頭去看，在最後一刻才克制住。

我改成悄悄將視線投向背後，只見混雜於行人當中，有一對身高差距很大的情侶走在我們後面。

……是川波小暮與南曉月。

本來是說好由川波監視想必會跟蹤我們的南同學，看來不知道怎麼搞的就變成兩人一起行動了。雖然形成了相當奇妙的四人約會，不過總比雙重跟蹤來得健康。

走在高個子的川波旁邊，南同學顯得更是嬌小玲瓏。但她的存在感可一點都不小。明明戴著無度數眼鏡跟帽子遮臉，卻一眼就能認出是她。

她把印刷著謎樣英文的大尺寸襯衫當成連身裙做穿搭，毫不吝惜地露出赤裸細腿的模樣，乍看之下給人中性的清爽印象。但相反地，渾身散發的陰氣卻如沼澤般黏稠，感覺就像

水／闇屬性。

——聽好了，伊理戶。只有這件事不能偷懶。

我觀察著南同學的模樣時，想起了出發前川波跟我說過的話。

——一定要稱讚女生的穿著。聽好了，一定要。

唔。對了，這個還沒做。我太在意自己的打扮，錯過了稱讚對方的機會。

現在得知了目標對象的所在位置，更加深了我的決心。就趁這時候出個招，給南同學造成一點打擊也不錯。

我重新打量走在身邊的結女模樣。

比起中性風格的南同學，結女的打扮恰恰相反，或許可說是所謂的甜系少女風。

春季穩重色彩的女襯衫，搭配長度及膝的輕飄飄短裙。修長的美腿套著帶點藍色的褲襪——雖說已經蛻變成正妹，但看來心裡對於裸露雙腿還有抵抗感。

頭上戴著紅茶色的貝雷帽，配上隨風飄逸的黑色長髮，散發出驚人的「千金小姐藝大生」氣質。感覺好像會姓「〇〇院」。

應該說……我現在才發現……

這傢伙今天，怎麼好像盛裝打扮過一番？

比起身負使命迎接這場約會的我，總覺得她打扮得比我更賣力。為什麼啊……？這傢伙應該不知道今天的宗旨才對——

不對……或許，正是因為如此？

這傢伙以為我是真的要跟她約會。以為這是跟上次不知道相隔了幾個月的約會。

所以她才會這樣精心打扮——照常理來想是這樣。

結女抬眼偷看了我一下。長長的睫毛，連連眨了好幾次。

我忍不住別開目光。

……該死，無法保持平常心。都是因為被人逼著做不習慣的事。換言之就是川波的錯。

——只有這件事不能偷懶。

那傢伙的聲音在腦海中迴盪……啊啊好啦，知道了，知道了啦。我說就是了吧，我說！

「……今天……」

「咦？」

被她詫異地回問，我頓時想臨陣脫逃，但咬牙撐住。

「妳看起來還……挺可愛的嘛。」

聲音糊成一團。而且講得像在酸人。

失、失敗了……！一不小心就用了平常的語氣，沒挑好用詞……！

這下不妙。就在我想盡快補救，轉向身旁的時候……

我看到了染成嫣紅的耳朵。

結女低著頭，看著自己的裙子。

然後，簾幕般垂掛的黑髮底下，傳來比我更模糊的聲音，小聲低喃：

「謝……謝、謝……」

……喂。喂喂喂喂。

妳這是有過男朋友的女生該有的反應嗎？簡直像個情竇初開的國中生嘛。

唉，真拿妳沒轍。容易害羞的傢伙就是這樣才讓人看不下去，連我都跟著害臊了。勸妳還是改改這種土氣的地方吧，高中出道小姐。來，就讓不才小弟我來給妳示範一下。

「……不、不會……」

我一邊把臉別開，一邊用更模糊的聲音回答。

緊接著，口袋裡的手機開始震動個不停。好啊，川波你這混帳有意見是吧！看我們倆一起丟臉有這麼好玩嗎，混帳東西！

一種讓人渾身發癢、難以言喻的沉默，瀰漫於我們之間。真是，再這樣下去的話之後一定會更慘。都還沒到重頭戲的部分耶……

「對、對了。我想問一下。」

結女像要轉換氣氛般說了。幹得好，只有這次可以稱讚妳一下。

「我們……現在，是要去哪裡呀？」

哎呀。對了，我還沒跟她說呢。

我要讓南曉月見識到我們有多甜蜜，好讓她死心。為了這個目的，川波代替對約會行程一無所知的我想好了計畫，而且起勁得很。

據他所說，遊樂園在排隊的時候會冷場所以有風險。電影院也會暴露出喜好的差異，因此同樣有風險。所以從結論來說，必須是一個適度有人氣、適度昏暗又適度好逛的地點——

「水族館。」

◆ 結女 ◆

完全就是一對情侶。

我待在付入場費的水斗旁邊，心裡這麼想。

水族館？那豈不是只有情侶跟一家人才會去的地方嗎？這男的為什麼要來這種地方？又不是約會——啊，不對，這個……好像真的是約會？

這麼有約會感的約會，就連正在交往的時候，我都不記得有過幾次。好像就是還沒交往

時的夏季祭典，還有聖誕節的燈會……

總之，我可不能對他解除太多心防。我提高了戒心。剛才他忽然稱讚我把我稍微嚇了一跳，但搞不好這男的還有其他詭計。

目前就先用態度慢慢表示出我的戒心吧。

「裡面還蠻暗的。不要走散了喔。」

「我知道。又不是小孩子了。」

「嗯。」

水斗簡短點個頭，就開始配合我的步履慢慢逛起昏暗的館內。

……咦——？

我覺得我剛才擺出的態度，應該很帶刺了吧？他怎麼不挖苦我？不酸我？平常那種討厭的嘲笑放到哪裡去了？……害我都不知所措了。

看來這男的，今天是打算徹底擺出男朋友的嘴臉。不過嘛，憑這點程度就想提升我對他的好感度，真是笑掉大牙。

不是我自誇，我的貞操觀念可是比南極冰層還硬。特別是對這男人的好感度，在鬧翻的半年間已經結凍到絕對零度！臨時抱佛腳的男朋友行為，現在已經絲毫不能打動我了。

如果這樣還想讓我怦然心動的話，很好，那你就試試看吧。反正一定不會成功！

「——小心。」

他一把摟住了我的肩膀。「啊，對不起。」有個人稍微低頭致歉，從我身邊走過。

「沒想到水族館人還挺多的。他有沒有撞到妳？」

肩膀！耳畔！用力摟我！耳邊呢喃！臉好近！有點香香的！真是夠了！要這樣做都不用先講一聲的嗎！我也是需要做心理準備的好嗎！真是個不體貼的男人！

「……你要摟著我肩膀摟多久？」

我一邊繃緊臉部肌肉不讓表情產生變化，一邊從極近距離抬頭看水斗的臉。哇啊，他長得真的很好看。睫毛好長。嘴唇好薄。皮膚好到讓我羨慕。為什麼平常不打扮成這樣？不行，那樣我受不了。

「啊，喔，抱歉。」

水斗尷尬地鬆手，與我拉開了半步距離。也不用離這麼遠吧。我酷酷地撩開落在肩上的頭髮。

……想不到還挺有兩下子的嘛。這次就先放你一馬好了。

◆ 水斗 ◆

『噗嘻嘻嘻嘻嘻嘻嘻嘻嘻嘻！』

我以為我是打電話給朋友，結果接電話的是豬。

「把你載去賣喔。」

『短短一句話講得這麼可怕！我只是學噁宅笑一下而已嘛！』

「我知道你對御宅族偏見有多重了。還是載去賣掉好了。」

這裡是男廁的馬桶間。

儘管進水族館還不到半小時，我已經在上洗手間休息了。當然想休息的不是膀胱而是我的精神。

約會……好難啊。

世間的情侶，究竟都是怎麼完成這麼高難度的任務？我護著她不被其他遊客撞到，她卻狠狠瞪我；觀賞水槽裡漂游的魚，她又瞪我側臉；找話跟她聊，她又愛回不回繼續瞪我。反正不管我做什麼她都瞪我！

坦白講，讓我死了算了。

現在最適合我的書肯定是《人間失格》。我要去沒有女人的地方——不對，這句話好像沒這麼膚淺。

「快救我，川波。除非你想讓我變成太宰治。」

『能變成文豪不是很好嗎？』

川波語帶笑意說完後，跟某人說：『啊啊？沒有啦。乖乖看妳的魚啦，矮冬瓜。』是南同學嗎？講話口氣還真是隨便。

「你看不出來嗎？氣氛糟到不行了！繼續這樣下去我會胃穿孔！」

『嗄啊？真～的假的？看在你眼裡是這樣？』

「什麼看在我眼裡，本來就是啊。」

『的確是用看的都覺得不好意思哩。噗嘻嘻嘻嘻！』

竟敢取笑別人的不幸！明明都是你安排的！

『總而言之，我只能給你一句話——前線全權交由閣下判斷！』

「不准放棄責任！給我完成你總司令的職責！」

『哎呀，我得掛了。悍馬就快要暴走了。期待閣下立下英勇戰功！』

川波總司令單方面地掛掉了電話。你這種戰術要是在戰記類小說裡，最後可是會被部下

從背後暗捅一刀的。給我記住。

我邊嘆氣邊把手機收好。

越來越搞不懂整件事的目的了……我看根本只是被那混帳耍著玩吧？

應該說，真要說的話，我有什麼理由必須保護那女的？跟危險人物做朋友是那女人自己的問題吧。又不是我女朋友，憑什麼我得為那傢伙費這麼多心思？

我憤慨地走出了洗手間。

……無論過程如何，事情一開始是我提的。而且畢竟也用掉了那女人的假日，就別擅自中止約會吧。只是，我還是覺得很不服氣。我之前怎麼心裡都沒產生疑問……？

我們約好在洗手間附近的自動販賣機前面會合。我浪費了不少時間跟川波抱怨，所以那女的應該已經等到不耐煩了。我一邊做好甘願被她唸到耳朵長繭的心理準備，一邊來到約定地點。

「……嗯？」

我左看看，右看看，再看看前面。

自動販賣機前面沒有人。

我轉向背後看看。女廁大排長龍，但結女不在隊伍裡。

我等了一下，但打扮得像千金小姐的女人遲遲沒有出來。

「…………奇怪？」

◆ 結女 ◆

手機響了。

在左右兩邊都有大型水槽的走道上東張西望的我，雖然一百個不情願但逼不得已，只好怯怯地滑動了接聽鍵。

「……喂。」

『是我。妳在哪裡？』

我頓時渾身僵硬。不知其名的魚群，在身旁的水槽裡游來游去。

雖然非常難以啟齒，但除了實話實說之外，別無他法了。

「…………我不知道…………」

『……啊——』

是因為女廁人太多了，大排長龍到讓人等都不想等，所以我一時糊塗，竟然決定去別間女廁。我以為只是去一下，很快就回來。

我犯了三大錯誤。首先，別間女廁比想像中更遠。其次，館內路線比想像中更複雜。最後一點，是我很不會看地圖。而且最後這個根本不能叫做犯錯。我明明看得懂推理小說的平面圖啊！

事情就是這樣……不得不承認，我迷路了。

啊啊啊啊……！我怎麼老是這樣啦……！既然是路痴就不要亂跑啊！做不來的事情就不要列在計畫裡啊！為什麼都學不乖！為什麼！

「對……對不起……」

我一邊受到強烈的悔恨感折磨，一邊輕聲細語地說了。啊啊，他要酸我一頓了……那男的抓準這機會掀起人格攻擊風暴的嘴臉彷彿歷歷在目。但關於這件事我沒得辯解。我做好認命承受的心理準備。

可是——從手機傳來的聲音卻說：

『……不，這不能怪妳。我也有錯，沒有提醒妳。』

語氣既體貼，又溫柔。

用跟我認識的伊理戶水斗全然不同的聲調，對我表示關心。

……胸中一陣騷動。

既不是高興，也不是覺得肉麻。

但彷彿電視雜訊的沙沙聲，卻填滿了我的心胸。

『這樣吧……妳告訴我附近水槽裡有什麼魚。這樣我就能找到——』

「——好怪。」

我再也忍不下去，不由得如此低喃。

「你不應該是……這樣的。」

『…………咦？』

我說了不該說的話。

話說出口之後，我才發現到這點。

可是，一切都來不及了。覆水難收。話一旦說出口，就無法收回。

我很清楚這一點。

手機中傳來讓耳朵與胸口刺痛的沉默。才不過短短三秒，我已經承受不住了。我把手機從耳邊拿開，掛掉了電話。

我仰望淡淡燈光照亮的天花板，一屁股坐到旁邊的長椅上。

「…………唉…………」

……我搞砸了……

明明嘴巴笨，為什麼沒必要說的話總是像涼粉條一樣從嘴裡溜出來……？

我到底想要那男的怎樣？假如希望能作為兄弟姊妹和睦相處，他願意溫柔對待我應該很好才對，甚至可說求之不得。事實上，今天的水斗……人就真的很好。

比起劈頭蓋臉的酸人話要好多了。比起長篇大論的挖苦話要好多了。比起那些令人煩躁又討厭的吵架鬥嘴，現在這樣心情好太多了。

可是……

我剛才那樣說，卻好像想要的，正是那些吵架鬥嘴……

我到底想做什麼？

我到底想變成什麼？

——我不就是不想那樣，才會選擇分手嗎？

◆　水斗　◆

我像無頭蒼蠅般在水族館裡亂走，填滿胸中的鬱悶感把我弄得很煩。

鬧翻之後的半年期間，我一天比一天討厭名叫綾井結女的女生。她的一舉一動以及說的每一句話，都越來越讓我不愉快。

這比什麼，都更讓我痛苦。

以前最喜歡的，曾經珍惜過的人事物，一個接一個變得討厭，變得令人厭煩，這件事比什麼都更讓我痛苦。

所以我選擇分手。

因為只要不繼續當戀人，就算我變得討厭她了也無所謂——因為那很正常。

——你不應該是……這樣的。

可是，明明應該是這樣……難道妳卻覺得，那樣的關係比較好嗎？

互相憎恨，互相討厭，互相傷害的關係比較好嗎？

我提出分手，難道做錯了嗎？

是我多此一舉嗎？

我不知不覺間，呆立在家人或情侶絡繹不絕的走道中央。

……既然這樣，妳為什麼不告訴我？

是擔心不願意分手，會給我造成困擾嗎？

「……困擾，是吧……」

對了，以前也發生過類似的事。

那女的迷路，我到處找她——同樣的狀況以前也發生過。

那時候，對，當時我們還沒正式開始交往。

對我而言，那是人生當中的第一次約會。

◆　結女　◆

那對我而言，也許是人生當中第一次鼓起勇氣的瞬間。

當我們還只是每天在學校圖書室講講話的關係時，我邀那男的一起去逛社區的夏日祭典。現在回想起來，竟然邀那個最痛恨人擠人的男生，完全是找錯對象了，但當時那男的也還懂得顧慮別人的心情，面帶柔和的微笑答應了。

然後去到夏日祭典一看，人潮比想像中更洶湧。

果不其然，我跟他走散，迷路了。

人生第一次約會就迷路，真是丟臉到家。時間一分一秒地浪費掉，木屐鞋帶又斷掉變成拷問器具。三件事加在一起，造就了本世紀最讓人想死的一刻。

我好不容易才逃出人潮，蹲在攤販之間時，伊理戶同學打電話給我。我只能一邊吸鼻涕啜泣，一邊不停地向為我擔心的他道歉賠罪。

——對不起……真對不起……給你造成困擾……

沒關係啦，妳在那裡等我。他這樣跟我說，就掛了電話。

……我一定惹他生氣了。

一想到這點，心情就不斷掉入谷底。

我覺得自己好丟臉。不管做什麼都很笨，不得要領，什麼都做不好……本來決定這次一定要做好，但到頭來還是變成這樣。

我從以前就很討厭自己。別人都做得到的事情，就只有我怎麼樣都做不來。我無法像大家那樣正常說話，也無法像大家那樣正常過活……爸爸也已經不在了。

至少我只希望，能活得不給任何人添麻煩。

至少我只希望，我喜歡的人不會嫌我麻煩。

但我卻一時貪心，興奮過頭，得意忘形——結果弄成這樣。

人群喧囂漸漸離我遠去。意識彷彿被吸入地面。無所謂。假如能化為地面汙漬就此消失，那反而正合我意。

像我這種人乾脆消失掉，對世界比較有好處。

一顆心與世界保持了距離。為了不再與世界扯上關係，為了不再給人造成困擾，我蓋起萬里長城般的厚重高牆——

這時，有人把一罐飲料拿到了我眼前。

——咦？

我抬頭一看。只見伊理戶同學低頭看著我，面帶淺淺的微笑。

他把罐裝飲料拿給我，在縮成一團的我面前蹲下。

——我跟妳說，綾井。

從同樣的視線高度，他直勾勾地注視著我的眼睛。

——我剛才在人群裡到處找妳，老實說已經累壞了。而且妳又用手機跟我哭哭啼啼，把我搞得心力交瘁。

——……嗚……

——可是啊……我對妳的了解，沒有淺到這樣就會對妳幻滅。

我看著他拿給我的罐裝飲料……仔細一看，那是以前我有一次告訴過他，我很喜歡喝的紅茶。

——我當然知道妳是個笨手笨腳又不得要領的傢伙。然後今天我又知道，妳是個容易迷路的人。這些我都知道，而我，還是甘願留在這裡。

伊理戶同學把罐裝紅茶塞給了我。罐子結了水滴，滑滑涼涼的。

——所以，妳不用怕……可以盡量給我添麻煩沒關係。

我雙手握住罐裝紅茶，低下頭去。

我不敢看伊理戶同學的臉，怕某種情感會爆發潰堤。怕讓他看到比現在更難看的模樣。

我用手指勾住罐裝紅茶的拉環，設法讓發燙到離譜程度的臉降溫……可是……

——…………打不開…………

伊理戶同學溫柔地微笑了。

——我幫妳開。

這件事情，讓本來將以最糟結局收場的初次約會，變成了無可取代的回憶。

我心想，明年一定要再一起來。這次我不會再迷路，要好好享受祭典的樂趣。

……然而，我再也沒有機會雪恥。

因為在第二年的暑假即將開始時，我們吵了那一場架。

還遑論什麼約會。長達一個月以上的暑假期間，我們完全沒有做任何約定。

即使如此，我還是去了那場祭典。

我獨自走在人群中，蹲在一年前他找到我的地方，望著人潮，望著，望著——當然，沒有任何人來找我。

假如，我們沒有吵那次架的話。

我一邊這麼想，一邊想像自己跟他走在人群中的模樣——

……不乾不脆。真是不乾不脆。

都已經結束了還不肯放手。明明現實情形當中，根本沒有什麼如果、假如或若是。

真要說起來，我明明沒有跟他做約定，卻抓住美麗的回憶不放，臭美地以為他會來找我，光是這樣就已經無藥可救了。

假如我真的想跟他和好，應該用更單純、直接的方法，打電話或是什麼都好，親口這樣告訴他才對。

既然我做不到，我們之間就完了。

…………回家吧。

觀察水族館的情侶或一家人也觀察膩了。我雖然迷路迷得正高興，不過只要跟著人潮走遲早會走到出口吧。我如此心想，一抬起頭……

有人把一罐飲料遞到了我眼前。

「……咦？」

我抬起頭來。

伊理戶水斗就在我眼前。

面帶淺淺微笑低頭看我的臉龐，比那時候帥氣多了。但只有拿給我的飲料罐，跟那時候一樣是紅茶。

他說了。

面露毫無溫柔可言的挖苦般笑臉。

「我來迎接您了，小姐。您是不是該把方向感修理一下比較好？」

◆ 水斗 ◆

這句壞心眼的酸人話，等於是把至今賺取的好感度全部丟進水溝。結女一聽，驚訝得睜大眼睛。

在那場夏日祭典，我在我最受不了的擁擠人群之中到處找她，隔著手機聽一堆聽都不想聽的喪氣話。然後，幫她打開了罐裝紅茶的拉環。

沒有任何一件事，能提升我對她的好感度。

這女的做的每一件事只會讓我心煩，沒有贏得我的歡心——從客觀角度來看，那場約會應該算是徹底失敗。

可是，真的，我也不知道為什麼……自從那場約會開始，我變得——很想陪在這個女生的身邊。

是所謂的保護欲嗎？還是說我內心的某個地方，羡慕妳敢於對別人誠實示弱……？

不管是哪個——我一眼看到的瞬間，就明白了。

坐在長椅上的那女人，名叫伊理戶結女。

是與我剛成為一家人的，討人厭的繼姊妹。

絕不是綾井結女。

是還沒化做回憶的存在。

結女注視著我拿給她的飲料罐，用雙手接過表面凝結水滴而有點濕的罐子。

她說了。

面露毫無柔弱可言的壞心眼笑臉。

「辛苦你了，特地來接我。我看你才是該修理一下你的閱讀品味吧？」

「妳說什麼？我們出去解決，用書評辯論會一決勝負。」

「那我先攻。坂口安吾的《不連續殺人事件》。」

「那我後攻。森鷗外的《舞姬》。」

「不准讓我想起豐太郎那個人渣！」

「《不連續殺人事件》明明也是人渣大遊行好不好！」

「反正最後都死得差不多了沒關係啦！」

做過這番簡單的寒暄後，我在結女身旁坐下。

結女低頭看著手中的飲料罐。小小的拉環，緊緊封住了帶水滴的罐子。結女用纖細的食指指尖，慢慢勾住它的前端。

拉環在些微的抵抗之後，發出空氣洩漏的噗嘶一聲。

不需要任何人幫忙，輕輕鬆鬆。

我打開自己的罐裝飲料，暫時跟結女一起小口啜飲，滋潤嘴唇。

情侶或一家人絡繹不絕地走過我們面前。無意間我心想，現在的我們算是哪一種呢？情侶、家人，或者是另一種關係？

以前綾井結女待在我身邊時，即使是我也不由得緊張。

心跳紊亂，滿手大汗，全身變得硬邦邦的。

但是，現在——即使感覺到同一個女的就坐在身邊，我的心臟卻極其平靜。

這也是當然的了。

因為現在的我，沒有義務要讓這女的喜歡我。

我——我們——已經從這份義務解脫了。

「……我說呀。」

結女的嘴巴離開飲料罐說道。

「那個水槽，是不是很像會有屍體漂過來？」

我也把嘴巴從飲料罐上挪開說了：

「我看妳需要去住院吧，妳這推理小說腦。講這話簡直像是從怪奇現象勉強撿回一命，精神卻產生異常的傢伙喔。」

「怎樣啦。難道你就不會有這種念頭？看到祇園祭山鉾那個像天線一樣尖尖的地方，不會覺得『要是有屍體插在那上面，一定會變成很有趣的命案』？」

「我作夢都沒想過那種該遭天譴又可怕的事情。就算要妄想，頂多也就是『鴨川出現食人鯊魚，把等間隔坐著的情侶一對對吃掉』吧。」

「你這個才叫可怕好嗎！真要說的話，鯊魚在那麼淺的河川裡怎麼可能游得動啦！」

「鯊魚是有著無限潛能的所以沒問題啦！」

「有才怪！明明就只是一條魚！」

「很好，那我們就去確認一下吧。正好這裡是水族館，妳將會對鯊魚具有的無限能耐感到戰慄，自己屈膝認輸。」

「這男的哪裡來的這麼大自信……比冒名頂替傳說中的名字送出預告的殺人魔還狂妄自

大耶。」

我們站起來，把喝完的空罐丟進附近的垃圾桶。

原來如此。我如此心想。

既沒有義務討對方歡心，也沒有理由惹對方討厭——只不過是曾經交往過的繼兄弟姊妹罷了。

這樣想來，就覺得比正在交往卻關係惡劣，要來得好太多了。

「臭狂熱分子。」

「臭宅男。」

我們毫無來由地臭罵對方。

心裡一點都不覺得難受。

◆　結女　◆

「呀啊！水噴過來了！」

「喂，妳這傢伙！別一派自然地躲到我背後啊！」

「這牆壁怎麼這麼吵啊。你會害我聽不見海豚叫聲。」

「妳這女的，竟敢說有聽沒懂的海豚叫聲比繼兄說話來得重要！既然如此，就罰妳接受濕身福利畫面之刑！」

「等……不行不行不行！今天的衣服不行啦笨蛋笨蛋笨蛋！」

我跟水斗一起玩個開心，把水族館逛到撈回本。

欣賞可愛的企鵝洗滌心靈，看海豚表演時互相拿對方擋水，然後在館內的咖啡廳吃了午餐。當然，還是照常互相謾罵。

回家的路上繞去書店買東西，到家時已經是傍晚了。

「我回來了——」我用略帶倦意的聲音喊了一下，不過客廳沒人回應。看來媽媽他們還沒回來。

「唉……總覺得快累死了。果然不該做這種不習慣的打扮。」

水斗跟在我後面脫鞋，一邊揉肩膀一邊轉動脖子。

啊啊……這身打扮也到此為止了啊。如果說不覺得可惜，那是騙人的。況且照這男人的個性，就算我拜託他，大概也不會再穿一次給我看。

好吧，是無所謂啦。坦白講，看了一整天也有點看膩了。已經享受夠了吧。

我也去換上居家服吧——就在我如此心想，走向樓梯時……

「……啊，嗚哇，川波傳了一堆LINE給我。」

水斗本來好像想去洗臉台把髮膠弄掉，這時停下腳步，看了一下手機。

然後，他眼睛對著螢幕……

從口袋裡拿出一個盒子……

從盒子裡——拿出了黑框眼鏡！

「————！」

眼鏡？……眼鏡！

對了……這男的在家裡用電腦或手機時，都有習慣戴上濾藍光眼鏡！

而他，現在……

要在彷彿我的妄想化做現實的，大學生家教風造型的狀態下……！

——戴起來了。

知性風格頓時加碼，我心中有某種感情迸發了。

「……真是，那傢伙是在興奮什麼啊……唉，總之先把髮膠弄掉——」

「STOOOOOOOOOOOOP！！」

水斗正要打開盥洗室的門，我用盡全力抓住他的肩膀。

水斗嚇得肩膀一跳轉頭看我。鏡片底下的眼睛睜得圓圓的。

「嗄，咦？幹嘛？Stop？」

「頭……頭髮，不准。抓亂，還不行！」

雖然文法一塌糊塗，但看來意思是傳達到了。黑框眼鏡後面的眉毛皺了起來。

「……為什麼不准抓亂啊。」

因為配上眼鏡太好看了。

當然，我不能這樣說。

我、我得想想……！現在不是發揮笨拙本性的時候！要向他證明我不再是國中時期的那個我了！必須立刻想出一個辦法，好讓我能再多欣賞一下這個戴眼鏡好看到沒天理，兼具知性與憂鬱感的文學青年！

我的腦細胞從來沒有運轉得這麼賣力。我挖掘記憶尋求突破口，最後，想起了一件事。

就是這個！

「這……這是內衣褲事件的懲罰！身為姊姊！我得把弟弟盛裝打扮的模樣記錄下來才行！」

◆ 水斗 ◆

彼此可以各下一個命令，只是不能違反公序良俗。

我藉由從內衣褲事件獲得的這項權利，成功讓結女出門跟我約會，但結女還沒使用這項權利。

一直到剛才，我都把這件事忘得一乾二淨……

……但沒想到，她會是這種使用方式。

「坐在沙發上，對。然後，翹起二郎腿，對！把這本文庫本放在大腿上攤開！對對！然後手肘放在扶手上托著臉頰！對對對對！」

啪嚓啪嚓啪嚓啪嚓啪嚓！結女的手機爆發出一連串的照相聲。

從正面、右邊、左邊、略低的角度……我只得一邊全身僵硬得像個假人，一邊想辦法讓臉頰肌肉不要抽搐。

「嘿，嘿嘿，嘿嘿嘿嘿嘿嘿嘿嘿嘿……！」

誰教結女的表情弛緩成那樣？

神情竟然比初吻的時候還幸福。

「……喂。妳這不是對繼弟該有的表情喔，老姊。」

「嗄啊？什麼意思啊。可以請你不要得寸進尺嗎？不過就是長得帥了一點。」

「呃……是。」

「別以為你線條纖細的體型、輕柔飄逸的頭髮、細長的手指、有點壞壞的眼神什麼的全都完美符合我的理想型，就可以亂講話！」

「呃……是……」

看來很合她的口味。

看來完全正中她的紅心。

本來還以為她一定覺得我這樣很難看，看來川波造型師的技術無可挑剔。

害得我不禁也害臊起來，把臉轉向一邊，用原先托著臉頰的手把嘴巴遮住。這個動作不知道又觸動了她的哪根心弦，手機照相聲進一步加快了速度。

弄得我背後癢得受不了……不過好吧，沒枉費我被川波的花言巧語欺騙。

「嘿嘿嘿嘿……手機裡好多帥哥照片……」

看到結女表情弛緩鬆懈到極點地看我的照片，我感覺到自己內心萌生了服務精神。我面露挖苦的笑臉說：

「只拍照就滿足了嗎？」

得寸進尺的男人就在這裡。

「好人做到底，我就好心再接受妳一個要求吧，老姊？」

「咦？……真、真的？什麼都行嗎！」

「只要是我做得到的。」

「那，那麼那麼！」

結女眼眸閃閃發亮，砰一聲屁股坐到L型沙發上。

「我坐這裡，你從背後溫柔地抱住我，隨便找話在我耳邊呢喃！」

「……這什麼要求啊。」

「就、就只是懲罰啦！跟我的喜好完全無關！從背後溫柔抱住坐在沙發上的姊姊呢喃細語，本來就是弟弟該盡的義務啊！」

最好是有這種義務。

……不過好吧，命令權在這傢伙手上。我只能從命，這是不得已的。

我站起來，繞到坐在沙發上的結女背後。光看背影都能感覺到她內心的小鹿亂撞，害我心中也漲滿了異樣的緊張。

要呢喃什麼啊……？應該是少女漫畫裡的那種台詞吧，可是……嗯……

我從聽來的少女漫畫知識中挖掘出類似的台詞。真的要講這個？真的有男人會講這種話？啊啊啊啊啊煩耶！超肉麻的！

◆結女◆

總覺得好像一時興奮就說出了非常不得了的要求，但管他的。

不曉得他會跟我呢喃什麼？會用什麼方式呢喃？心裡小鹿亂撞，又期待又不安。

坐立不安的時間持續了一會。當我第三次調整臀部的位置時，背後傳來一種下定決心的氛圍。終於要來臨了。心跳聲變得更加劇烈。糟糕，我好興奮。全身都變得硬邦邦的——就在這時……

輕柔地，彷彿用羽翼包覆般，他從背後抱住了我的肩膀。

然後，在幾乎能感覺到嘴唇存在的距離下，爽朗卻又不失男人味的渾厚嗓音，在我的耳畔，用只有我能聽見的聲量——呢喃了。

「（——抓到妳了。）」

再來我就什麼都不記得了。

◆ 水斗 ◆

霎時間，猛烈的後悔如暴風吹襲我的全身。我到底在說什麼啊，最好現在立刻被鯊魚吃掉。

可是，可是呢，我說了，我說給她聽了。照她的要求向她呢喃了！而且是盡可能地甜膩！好啦，妳想狂笑還是怎樣都行！我已經有心理準備了——就在這時……

一隻白皙的手，悄悄觸碰了我抱住結女肩膀的手臂。

結女回過頭來，她那黑鑽石般水潤的瞳眸，從極近距離內抬眼看著我，小小聲地，彷彿要躲過全世界的眼光般——呢喃了。

「（——被你抓到了。）」

再來我就什麼都不記得了。

◆　結女　◆

就這樣，突如其來的水族館約會事件宣告結束，迎接了自家客廳出現兩具屍體的淒慘結局。

話雖如此，仍有許多不解之謎。到頭來，玄關那雙樂福女鞋究竟是哪裡來的？水斗為何不惜做不習慣的時尚打扮也要約我出去？還有，我在客廳的攝影會死掉也就算了，為何連水斗也死在那裡？我對他做了什麼嗎？

真讓人心裡不舒坦。換成是推理小說的話根本不及格。唯一只有一件事可以確定，那就是我在手機裡保存到好多理想型男的照片。

「唉……真的好帥喔……」

「……請不要當著本人的面看照片看得痴迷好嗎？」

我看看完全變回一頭亂髮土氣男的水斗，又看看手機裡的型男家教（風水斗）做比較。

「……我說呀，你能不能去死一死然後投胎轉世成這樣？」

「不用死就能變成那樣了好嗎！」

少來啦～辦不到辦不到。根本種族就不一樣好嗎？種族就有差。

一問之下才知道，這個造型似乎是川波同學打造的。改天我得向他拜師學藝才行，這樣一來安定供給就不是夢了。總有一天我要把這印出來貼在床舖上方的天花板上。嘿嘿嘿……

「……我覺得妳有一個毛病，就是一興奮起來就會暴走。」

「嗄？我什麼時候暴走了？」

「妳也太不了解妳自己了吧。」

「你沒資格說我。你明明也不知道自己長得有多帥。」

「真佩服妳這樣還能當優等生角色！」

雖然我的確是一慌張就會不知道自己在做什麼，但還不需要讓大邊緣人現正熱映中的陰沉男來擔心我。

「結女，早安～！」

「早安，南同學。」

星期一去上學，我跟南同學還有其他朋友聊天。

「週末都在幹嘛——？」

「我一～直都在打工呢——」

「真的假的——？我從頭睡到尾。」

「好羨慕——！」

「結女呢？」

「我也差不多，就在家裡看書。」

「好知性喔～！伊理戶同學真的很適合這種的耶～！」

至於跟繼弟放膽來了一場水族館約會的事，當然是隻字不提了。

不需要依靠任何人，國中時夢寐以求的日常生活繼續進行。

◆ 水斗 ◆

實現夢想都需要付出代價。

需要消耗、奉獻、犧牲掉某些事物，夢想的未來才終於能化做現實。

而且坑爹的是，夢想這玩意還需要花成本維護。為了讓它持續下去，為了守護它，都必須犧牲一些事物。

我望著伊理戶結女跟幾個朋友聊天的夢幻場面，明白到那場胡鬧的作戰奏效了。

自從那場約會以來，南同學完全不與我做接觸。

川波監視了她一陣子，也跟我保證：『照那樣看來應該已經沒事了。死透了啦，死透了。活該！』危機已經過去了。

話雖如此，還是該做個了斷。

對方必定也是這麼想的。到了午休，她向我使了個眼神。

我迅速吃完便當後離開教室，前往圖書館。我就是在那裡被她求婚的。

在圖書館入口斜對面的牆角，視線受到書架遮蔽的半密室，假扮成文學少女的南曉月正在等我。

「對不起啦！跑進你們家裡真的有點太過分了！」

她一開口，就向我雙手合十深深低頭道歉。

「我沒有惡意啦！都是因為伊理戶同學你太不小心沒鎖門，我一時抵抗不了誘惑就下手了！」

「首先妳確認我有沒有鎖門就很有問題了，這樣講不過分吧？」

根本是打從一開始就想闖空門的人才會有的行為。

南同學隔著俗氣的黑框眼鏡，怯怯地抬眼偷瞧我的臉。

「……你會跟結女告我的狀，對吧？」

照正常來想，是該這麼做。

她完全是個跟蹤狂，這樣做是犯罪，豈止結女，應該報警才對。

不過……

「……不會啦，無所謂。只要妳以後懂得自我克制就好。」

「咦？為什麼……？」

我讓視線溜到窗外，把瀏海拉得毛毛躁躁。

「…………因為，我不想把事情鬧大。」

那女的跟朋友輕鬆閒聊的模樣閃過腦海。

我知道。

我知道——一個光是迷路都會哭哭啼啼的女生，要在教室跟朋友開開心心聊天，需要做多大的犧牲。

「……這樣啊——原來如此。」

南同學別有心思地應了一聲之後，別有心思地咧嘴一笑。

「我不會跟你說謝謝喔？」

「誰說可以不用道謝了？妳應該哭著感謝我才對吧。」

「才不要咧——因為我不想把事情鬧大——」

不懂什麼意思。看到南同學把臉扭到一邊不肯理我，我嘆了口氣。

「……話說回來，妳在我家客廳擺第五張椅子是要幹嘛？」

「咦？什麼第五張椅子？」

「……………咦？」

「沒有啦對不起，開玩笑的！那個啊，算是扮家家酒吧？討厭啦！正覺得難為情所以想用恐怖結尾糊弄過去的說～！不要當真嘛～！」

南同學用手按住雙頰害羞。差點被妳嚇出心臟病！

「真的很對不起啦！以後我會自我克制，以朋友的身分光明正大去你們家過夜的！」

「哇，看妳這表情就知道，妳絲毫沒想過可以選擇反省一下保持距離對吧？」

「或者是跟伊理戶同學結婚，然後住在一起！」

「連這條路線也沒放棄喔！」

這跟你說的不一樣啊，川波！

「沒辦法啊。」南同學掀起粉紅色唇角，宣戰般的對我說了：

「要打垮情敵，最好的辦法就是給情敵另外找個對象——對吧？」

放學後，我召開了南曉月對策會議。

當然，參加者是我與川波小暮。

「坦白講只要實際上沒有害處，我就沒什麼話好說的。繼續做沒關係！」

「少給我一句話做結，你這偷窺狂。」

「不如叫我戀愛ＲＯＭ專吧。」

「ＲＯＭ專？」

「ＲＯＭ專門，Read Only Member。換個說法就是潛水員。」

……自己不找對象，專門看別人談戀愛就對了嗎？難怪感覺都沒交女朋友。

「哎，你放心啦。我還是一樣推你跟伊理戶同學！接近你的其他女人最好全都心臟病發退場算了！」

「喂，怎麼這裡也有一個危險人物啊！」

「玩笑就開到這裡……」

「你以為這樣就能糊弄過去？」

「伊理戶水斗的其他配對這種讓人毛骨悚然的惡劣玩笑就開到這裡……」

「原來根本就沒打算糊弄……」

「那女的如果又做出什麼危險舉動，你再來找我商量。講到南曉月，我認為找比任何人都更能幫上你的忙喔。」

我盯著可靠朋友的輕浮臉孔瞧。

……我早就在懷疑了，現在這句話終於讓懷疑變成了確信。

「我問個不相關的事，川波。」

「嗯？」

「你——有過住院的經驗嗎？」

川波一瞬間整個人定住不動，然後手肘支在桌上托著臉頰，臉上浮現意味深長的微笑。

他那笑臉——跟南曉月笑起來的樣子很像。

「有啊。**國中的時候**。」

……啊啊，果然。

看來這男的，能成為我可靠的同志。

恍然大悟的我，送給朋友一個慰勞的苦笑。

「我們各有各的辛勞呢。」

「是啊，各有苦衷。」

我不禁要想……

女朋友這玩意，實在交不得。

「……是白色聖誕節呢。」

「是啊……我想我一輩子，都不會忘記這片景色的。」

「因為我在你身邊？」

「妳覺得是這樣嗎？」

「你如果說不是，我就要生氣了。」

「那我可以放心了。」

「死相。」

——電視裡的男女演員講著這些鬼話，然後接吻了。

我們家當然也有電視，只是很少打開。主要是在晚餐時間才會派上用場，都是拿來當ＢＧＭ。

家裡四個人當中我與結女是天生的書蟲，電視基本上都是老爸或由仁阿姨在看。

「唉～每次看到這種場面，就會覺得好寂寞喔。」

由仁阿姨看著兩位演員做出一般人絕對辦不到的熱情深吻，邊嘆氣邊說。

「每年到了年底聖誕節，總是忙得都快沒命了。十二月二十五日這個日期光是想到都會覺得好憂鬱。哪像以前還會既期待又興奮呢～」

「哈哈哈。就算能永遠保持一顆年輕的心，一忙起來也身不由己啊……喔，不過，水斗與結女將來還多得是機會吧？」

語不驚人死不休。

老爸的一句話，害我與結女夾菜的動作都不禁停頓了一下。

「你們如果交到男朋友或女朋友，不用顧慮我們沒關係喔～！哎，水斗大概是不怎麼值得期待，但結女應該很受歡迎吧！」

「媽……」

「呵呵呵。這孩子改造了很多唷～？不久之前明明還是個有夠不起眼的小妹妹——」

結女委婉地規勸母親，同時偷瞄我一眼。

這是在警告我嗎？用不著妳來提醒，我也不會說的。

由仁阿姨挖苦人地微笑，手肘支在桌上托著臉頰。

「哎呀，不過啊，真是讓人期待。不知道結女跟水斗要等到什麼時候，才會出去過聖誕節呢？」

「由仁，到時候我們不如也年輕一下吧？」

「呵呵，也是，又多了一件事可以期待呢～這下更得請你們倆好好加油了。」

……老爸跟由仁阿姨不知道。

我與結女，其實只有過一次，在聖誕節的時候溜出家裡。

連住在一起的爸媽都不知道，只有我們倆，知道在那寒冷天空下發生過的事。

那是在國二的時候。

是我與綾井結女一起度過的，第一次也是最後一次的聖誕節。

◆

「——爸爸回來嘍——！水斗——我買蛋糕回來了——！」

我是伊理戶水斗，是個有女朋友的國二生。在今天這個聖誕節，是能夠無條件地對世間眾多男性取得相對優勢的人種。

可是，不知道為什麼——我現在就跟直到去年的情況一樣，跟我爸坐下來一起吃從隨便一家超商買來的小塊蛋糕。

假如「聖誕節應該跟戀人一起過」是在日本發生加拉巴哥式進化而成的價值觀，那麼像

我這樣應該才是聖誕節該有的過法。

……但是，我得說但是。

總覺得想不通。有女朋友的聖誕節，不是應該比這再特別一點嗎？

「怎麼樣，巧克力蛋糕好吃嗎？」

「……還不錯。」

「分我一口。我的草莓蛋糕也分你一口。」

這段對話也是，對象應該是我的女友綾井結女才對吧？怎麼會這樣……

……不，我明白。我都明白。

我們是國中生，而且向周遭人隱瞞著正在交往的事實，自然不可能晚上跑去時尚又浪漫的地點過節。

所以，我們好歹白天還是有碰面。我們前往大約一個月前就叮叮噹叮叮噹音樂播不完的地點，參與了大量情侶的行列。

然後就那樣，很正常地各自回家了。

一點都不特別。

就跟平常上學放學沒什麼差別——其中原因我也明白。

很好，就笑我吧。儘管笑吧。

笑我這個天下無雙的孬種，膽小到不敢把為了今天特地準備的禮物送給她！

鼓起勇氣請店員包裝的禮物盒子，此時變成了我房間桌上的擺飾。

好想死。

「嗯，怎麼了水斗？怎麼這麼沒精打采的？……啊，我懂了，還沒送禮物！來，我可沒有忘記準備喔～！——圖書卡！」

好想死。

◇

「……好想死……」

我綾井結女，一個人趴在自己房間的桌上受到尋死念頭所侵蝕。

與其說想死，不如說已經死了。我已經死了。感謝讀者長年以來的支持，請期待作者的下一部作品。

「我怎麼老是這樣……每次都是……不管費心做多少準備，到了正式上場時總是什麼都

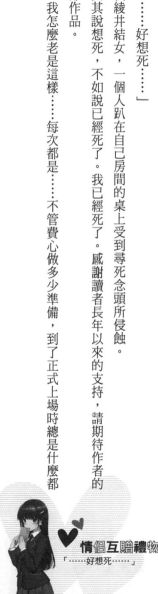

辦不到……我受夠了……」

桌上有個包裝好的盒子。

是我為了今天所準備的，要送給伊理戶同學的禮物。

本來是打算白天聖誕節約會的時候找機會送的，可是東西現在還在我手邊。換言之就是這麼回事。

約會本身的過程非常開心。我們倆一起去平常不會去的情侶約會地點，盡情享受了遲來的「哇～！我們真的在交往耶～！」的心情。

可是，或許該說正因為如此吧。

假如我不小心做錯事，不知道會不會毀了這麼好的氣氛，破壞掉這麼快樂的心情……我滿腦子都是這種念頭，結果到最後都沒能把禮物送給他。

「嗚嗚……」

總覺得好想哭。

我這個人每次都這樣，無論我想做什麼，幾乎沒有一次能做好。唯一成功的只有對伊理戶同學的告白……

……我如果老是這樣，他會不會有一天就不喜歡我了呢……

「結女——？我先洗澡嘍～？」

就在我真的快要哭出來時，正巧聽見媽媽的聲音。

……對喔，要洗澡。

我每天都會在洗完澡後，跟伊理戶同學講手機。

只要到時候跟他說「其實我有準備禮物，下次再給你喔」就行了！

「……好……我可以的……！」

既然這樣，行善要趁早。

我正打算跟媽媽說「我想先洗」的時候，桌上的手機開始播放西洋老歌。

「…………！」

這是在還沒開始交往之前，伊理戶同學推薦我看的電影主題曲。

所以只有在他打給我的時候，會播這首歌。

我急忙抓起了手機。

然後小心翼翼地滑動接聽鍵，以免不小心把電話掛斷。

「——喂，你好……？」

『……綾井。』

手機中，傳來我現在最想聽到的聲音。

光是這樣就夠讓我開心了，但伊理戶同學接著，說出了意想不到的話來。

『妳可以出來陽台一下嗎？』

◇

我抬頭看著白色呼氣消散在空氣裡，不久綾井房間的窗戶打開了。

綾井從陽台探出身子，一看到我站在公寓樓下，就對著手機話筒發出呻吟般的聲音。

『怎……怎、怎……怎麼，會……？』

「沒有啦，那個……好歹，今天是聖誕節嘛。」

好難為情。好想隨便找藉口糊弄過去。

可是我得忍耐。今天就不要裝酷，不找藉口又有何不可？……因為今天是聖誕節啊。

我深吸一口氣，壓制住想裝酷的男國中生。

「……我想，再多……看妳一眼。」

『……唔！～～～唔！』

在手機的另一頭，綾井發出了不成聲音的聲音。

怎、怎麼了？怎麼回事？她那副樣子簡直像察覺到舊日支配者的氣息一樣。

我還在一頭霧水時，噗茲一聲，電話掛斷了。

隨後，站到陽台上的綾井回房間裡去了。

「……啊啊……」

我就知道她會嫌我噁心……

想想也是啦……大半夜的忽然跑來，就算是男朋友也會嚇到的……

啊啊，好想死。生而為人，我很抱歉。

「——伊……伊理戶同學！」

就在我過度絕望到變成太宰治時，有個嬌小的人影從公寓門口噠噠地跑了出來……咦？

「綾……綾井？」

綾井沿著冰冷的人行道跑來，連連呼出白霧調整呼吸。

她雙手撐在膝蓋上抬頭看著我，臉上浮現靦腆的笑意。

「啊……啊哈哈。我……我跑來了？」

◇

「呃不……這應該是我要說的吧？」

伊理戶同學用這句話冷靜地吐槽。

可是，他只說完這句話，全身就沒再動彈一下……說不定是被我嚇了一大跳。

「……啊哈。」

有點小高興。

他剛才嚇了我一跳，現在報復成功了。

我沒辦法靜下心來等電梯，是用跑的下樓梯過來，所以花了一點時間才把呼吸調整好。

我好不容易放開撐在膝蓋上的手，然後再度害羞地笑笑。

「嘿……嘿嘿。媽媽現在正好在洗澡，所以……我趁這機會溜出來了。」

「喔……原、原來如此。是這樣啊……」

「所以，那個……嗯。我可能只能跟你……待大概半小時……吧。」

「半小時，是吧……這樣啊。」

我們本來就是沉默寡言的人，但今天變得更是不會說話。

可是，能跟他講這種一點都不幽默風趣，慢半拍到讓人焦急的對話，卻讓我開心得不得了。

啊啊……原來伊理戶同學，也覺得今天是個特別的日子。

原來他這麼珍惜，與我共度的時間……

由於他平時是個不太表露內心想法的人，因此不經意之間顯現的些微感情，總是特別令

我著迷。

例如他乍看之下只想到自己，其實既體貼又溫柔。

或是平常看起來總是冷靜沉著，其實內心在偷偷慌張。

不知不覺中，我開始注意伊理戶同學這些乍隱乍現的真實面貌，一個個收藏在心裡。

我仔仔細細地把它們收進心中的相簿，之後再一次次回味——我的世界當中原本只有閱讀這一項樂趣，但這樣的時光卻快樂到顛覆了這一點。

所以，我——

「——哈啾！」

渾身起個哆嗦，打了個噴嚏。

奇怪？……啊，對喔。

「……我忘了穿外套了……」

一發現沒穿外套就忽然覺得好冷。

我太心急了……嗚嗚嗚，我為什麼老是在重要的時候失敗，破壞掉難得的時光呢……

「喂喂，也太迷糊了吧。」

伊理戶同學傻眼地苦笑，解開了身上大衣的小小鈕釦。

「喏。」

伊理戶同學一邊叫我，一邊把脫下的大衣披在我肩膀上。

好溫暖……

我把熱熱的大衣拉到胸前，腦中頓時變得暖洋洋的。感覺就好像被伊理戶同學擁入懷裡一樣，有點害羞……這麼想抱的話，就直接把我抱住也可以喔？——這種思維閃過腦海，讓我更加害羞起來。我以為我是誰啊。憑什麼命令人啊。

種種原因讓我體溫上升，我呼出一口熱氣，但是……

「……可是這樣，伊理戶同學會冷吧？」

「不會，我沒關係。」

伊理戶同學講得平靜自若，肩膀卻微微發抖。原來是在硬撐。有點可愛。

可是再這樣下去，他會感冒的。該怎麼辦……

想到這裡，我腦中閃過一個難度極高的點子。高到不如從底下鑽過去比較容易。不，嗯嗯，可是，既然都這樣了……反正是聖誕節嘛。

……反正是聖誕節嘛！

聖誕節三個字具有的壓倒性力量，推了我這膽小鬼一把。謝謝你，耶穌基督。這件事對我來說簡直有如奇蹟，讓我都想改信基督教了。

「那、那麼……那個……」

我感覺到自己漸漸變得滿臉通紅，但仍委身於聖誕節力量，一口氣把話說完。

「要……要不要一起穿？」

◇

沒想到還真穿得起來。

我與綾井用披在彼此肩膀上的方式分享一件大衣，在路旁植栽槽的邊緣坐下。

雖然當我們的肩膀在大衣底下相碰時，綾井驚得身子抖動了一下，但她仍然慢慢花時間，戰戰兢兢地靠到我身上來。

……好輕。

可是，好溫暖。

而且好香。

我陷入了明明感到安心卻心跳加快的稀有狀態。可是我這種邪念一旦穿幫，一切就全毀了。我毫無意義地仰望夜空，努力繃緊臉孔。

綾井在我耳邊輕聲笑了笑。

「……怎麼了？」

「沒什麼……只是覺得，我的男朋友好可愛。」

嗚……被看穿了。

剛才明明驚慌失措成那樣，現在卻忽然給我從容不迫了起來……

見我用沉默的方式掩飾害臊，綾井焦急地猛揮雙手。

「啊……你、你生氣了嗎？對、對不起喔……？」

「不，我沒生氣。只是覺得有點難為情而已……妳不用這麼怕我不高興，沒關係的。」

「是、是嗎……？」

「妳——」

我雖猶豫了一瞬間，但還是擺脫了羞恥心。

反正是聖誕節嘛。

「——妳做什麼事，我都不會生氣……」

結果講到後來還是有點畏縮，語尾變得很沒魄力。這讓我更是覺得難為情，於是把臉別到一邊。

然後……

「……嘿嘿。嘿嘿。嘿嘿嘿嘿嘿嘿……」

我聽見既開心又靦腆的笑聲，感覺肩膀上傳來了更大的重量。

看來她很高興聽到我這樣說。好險。要是氣氛因此冷掉我就要跳河了。

我默默感受了一會兒壓在肩膀上的體重，覺得很放鬆。兩團白煙般的氣息斷斷續續往上飄，消失在夜晚的空氣中。

「……我跟你，說喔……伊理戶同學。」

聽到這句話讓我低頭一看，只見綾井用一種觀察我臉色的眼神，抬眼望著我。

「我有個東西……想送給你。」

我的心臟發出怦咚一聲……原來綾井，也準備了禮物給我。

「我做什麼事你都不會生氣……對吧？既然這樣，我的……禮物，你也願意收下……對……吧……？」

她的語氣缺乏自信，講到最後幾乎都快聽不見了。

每當看到綾井這樣，我都會覺得其實她不用這麼客氣。綾井算得上相當聰明，也還滿有品味的，再說……我覺得她，長得也還……滿可愛的。

她如果能保持平常心，想交再多朋友應該都不是問題才對——但她卻沒來由地缺乏自信，拒旁人於千里之外。

「……綾井。」

「咦……？」

我一語不發地把手塞進口袋，拿出一個包裝好的盒子。

綾井看到它，眨了好幾下眼睛。

「啊……這、這是……什麼？」

「聖誕禮物……白天我一直太緊張，沒能拿給妳。」

「……咦……？」

綾井目瞪口呆地抬眼看了我一會兒——然後……

「——噗哧！啊哈！啊哈哈哈！啊哈哈哈哈哈哈哈……！」

她憋不住笑，用甜滋滋的聲音咯咯笑個不停。

我心裡有點鬧彆扭。

「不用笑我笑成這樣吧……」

「對、對不起……！可是，因為……我沒想到，伊理戶同學居然，也跟我做了一樣的事……」

「所以，綾井果然也跟我一樣？」

「嗯。」

綾井也從口袋裡拿出包裝好的盒子給我看。

我一看也忍俊不禁，我們倆一起晃動著肩膀笑了一會兒。

不知不覺間，我們把刺痛臉頰以及耳朵的寒意都忘了。

笑過癮之後，綾井拭去眼角滲出的淚水，用自己的禮物遮起嘴巴。

「那麼……我們，來交換吧。」

「好，來交換吧。」

我們把只不過是稍微包裝得漂亮一點的小盒子交給對方。只不過是這樣，想也知道根本沒什麼，感覺卻像某種肅穆的儀式。

我的盒子交給綾井，換成綾井的盒子放在我手裡。

我看看盒子表面，看看背面，又看看表面，實在忍不住了。

「我可以打開嗎？」

「咦？……在、在這裡？」

「妳也可以打開我的。」

「……嗯，那好吧……」

我們同時用手一抽，解開紅色緞帶。

我並不是從來沒送過她禮物。但是，以往我們互贈的東西，都是些實用的物品。都是一些完全不用擔心會被退件的安全禮物。

可是，今天的禮物就不一樣了。

是一個弄不好會讓對方難以處理，不實用而且有風險的……只有戀人才敢送的禮物。

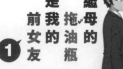

「……啊……」

綾井打開盒子，輕輕叫了一聲。

「這是……鍊墜？」

裝在小盒子裡的，是個透明玻璃珠中封入了粉紅小花的鍊墜。

說歸說，但就是用國中生零用錢買的，不是什麼昂貴的首飾。而且還是日常生活與飾品毫無緣分的我，用貧乏的品味想破了頭，在網路上晃了半天挑選出來的，所以老實說，我不知道這到底可不可愛或是漂不漂亮。然而——

綾井把鍊墜舉高到眼前。

「好美喔……玻璃珠裡有花朵……這是什麼花？」

「……滿天星。我是看中它的花語。」

「花語……」

綾井一聽，馬上拿出手機開始查資料。我慌張起來。

「不……！等一下啦！這樣我很難為情耶……！」

「幹嘛——？又不會怎樣嘛？」

綾井壞心眼地邊笑邊彎腰駝背保護手機，「我看看——」把搜尋結果唸了出來。

「『如入夢境』、『純潔的心靈』、『魅力』、『清純無邪』……」

「……其實，這種花……」

我豁出去了，直接明講：

「…………常常用來做結婚捧花。」

「……咦……」

綾井再度低頭看看鍊墜，臉蛋紅到晚上都看得出來。

……我在幹嘛啊，難道想跟她求婚嗎……！

我也一樣，整張臉遲來地發燙。早知道就挑保守一點的了！

「……嗯，開了。」

我正感到後悔莫及時，綾井悄悄解開了項鍊的金屬扣，一邊撩開頭髮一邊把項鍊戴到脖子上。

「嘿咻……好了…………看起來，怎麼樣？」

我買給綾井的鍊墜，掛在她的胸前。

……啊啊。啊——啊——這該怎麼形容才對？

該說開心，還是羞得渾身不自在呢——一種類似成就感的心情滾滾湧上心頭。

「我很少戴這種飾品，所以不知道戴起來好不好看……」

「不會，很好看。」

我不禁直話直說。

「很好看，真的。不騙妳…………很可愛。」

「咦？……呃，嗯……謝謝。」

綾井害羞地別開目光，冷得發紅的臉頰微微展露笑容。

看到她那表情，我東挑西揀選購禮物的時間豈止值得，還得到了更多回報。

「……那麼，我也該打開我這份禮物了。」

「啊……嗯，好！」

當著神色緊張地旁觀的綾井面前，我也打開禮物的盒子。

裡面的東西是——

「——啊。」

「嘿嘿……我們真有默契。」

……是項鍊。

拿起來一看，羽毛造型的墜子就垂在眼前。

「雖然理由不像伊理戶同學這麼浪漫……與其說是羽毛，它讓我聯想到了羽毛筆。」

「羽毛筆？」

「呃，就是……」

綾井目光飄移猶豫了半天，才好像下定決心般開始說明。

「……因為我很喜歡，看伊理戶同學在準備考試之類的時候，沙沙沙地寫好多筆記的模樣。」

「…………」

我沉默了幾秒鐘後，替她的說法做了個解釋：

「……所以妳有這種癖好？」

「啊嗚……！呃，這個——也不能算是癖好，只是覺得還滿喜歡的……！」

這不就叫做癖好嗎？

綾井沮喪地低下頭去。

「嗚嗚……對不起，我講話這麼噁心……」

「妳好愛道歉喔。」

我一邊這麼說，一邊把收到的項鍊戴起來給她看。

「妳看。」

看到我把禮物戴起來，綾井原本灰暗的表情迅速產生變化。

看到她那羞得渾身發癢卻又不願表現出來的表情，我衝著她咧嘴一笑。

「聖誕禮物這玩意，還挺厲害的對吧？」

「嗯，嗯……！不知道該怎麼說……就是很厲害！」

我們分享了毫無具體性可言的感想，又開始一同輕聲歡笑。

希望這樣，能讓綾井稍微增進一點自信。我在心裡，偷偷如此祈求——

後來，我們在寒冷的天空下瞎扯閒聊，共度了幾十分鐘的時間。

沒有燈飾可以欣賞。

也沒耍浪漫地下什麼雪。

不過是個只有路燈與民房燈光寂寞地照亮的，公寓樓下的植栽罷了。

即使如此，這段短暫的時光，卻深深烙印在我心裡。

「……那就再見了。」

「……嗯，再見。」

我們在公寓門廳前告別，互相輕輕揮手。

之所以有些悄然，是因為其實依依不捨，只不過是沒說出口罷了。

——我很明白這一點，所以握住了綾井的手腕。

「咦？伊理戶同——」

我貼近綾井，稍稍彎下身體。

彼此都必然地不再言語。

我挺直腰桿時，綾井為了天冷以外的理由而雙頰飛紅，眼睛驚訝得眨了眨。

「……哎，反正是聖誕節嘛。」

我找藉口般的說道。

綾井不禁輕聲笑了一下。

「說得，也是……因為是聖誕節嘛。」

這次換成綾井，稍稍踮起了腳尖。

當她將腳跟放回地面時，我們淡淡地相視而笑，這才終於後退一步。

目前，還沒有人知道我們的關係。

總有一天，我會跟老爸說這件事。雖然半年前我想都沒想過，我的人生當中會發生將女朋友介紹給家人認識的事件。

一個人踏上回家的路，項鍊在我的胸前搖曳。

一年後的聖誕節，不知我們是否能夠光明正大地見面？

是否能夠在其中一人的家裡團聚，同坐一張餐桌吃東西？

下次我會送她什麼樣的禮物？

「……我看，我最好現在就先想好。」

從今天算起，剛好三百六十五天。

我等不及要迎接那一天了。

◆

唉，不過一年後連電話都沒聯絡了就是。

「真是世事無常啊……」

過了這麼久，高一的我拿出收在書桌裡的那條項鍊，對世間常理不禁覺得感慨萬千。

那次事情之後，我跟那傢伙之間流行了一陣子在彼此的脖子上找到項鍊，然後若有所指地呵呵偷笑的遊戲。為此我們還故意把它藏在衣襟或圍巾裡，讓對方不容易發現自己戴著項鍊。真不曉得有哪裡好玩。

換做現在的話，我看不用藏她也不會發現。豈止如此，那女的搞不好在搬家的時候就把我送的鍊墜丟掉了。

「……很久沒玩了，就來試一下吧？」

假如她沒發現，就證明了我的推理正確。如果她竟然發現到了，想必也能引發出一些有趣的反應。

我一下子興致都來了，於是將項鍊戴到脖子上，把羽毛造型的墜子藏在衣服裡，離開了房間。

本來以為會在洗澡的時候碰到——

「啊。」

「啊。」

沒想到一開門，就在二樓的走廊上不期而遇。

遇到個頭長高，頭髮也留長了的高一女生伊理戶結女。

一看到她，我馬上就發現了。

發現一條眼熟的鍊子，藏在黑髮裡閃閃發光——

「……哦。」

「……哼——」

雙方都只有這點反應。

我們什麼都沒說，就這樣依序步下了樓梯。

走進客廳，發現吃晚餐時播出的連續劇已經結束了。老爸坐在飯廳的餐桌旁，由仁阿姨在廚房把碗盤放進烘碗機裡。

「哦哦，水斗。正要去洗澡嗎？」

「我想洗澡水應該快燒好了，想先洗的話就跟水斗猜拳喔，結女——！」

兩人都完全沒察覺到我們的細微變化。

我們隨口回答自己的老爸或老媽後，在電視前的沙發上隔開一個人的空間坐下，默默地打開從房間拿來的書。

「……呵呵。」

結女突然笑了一下。

「怎麼了？」

我視線繼續對著書本問道。

「只是覺得我們真合不來。」

結女也一樣，視線對著書本回答了。

「……說得對。」

我如此回答，然後繼續看我的書。

我的書是《小氣財神》，結女的書是《白羅的聖誕假期》。

代替後記　各話一言感想

●——第一話：前情侶不肯那樣稱呼（原題：前情侶大聲嚷嚷）

二〇一七年八月七日於網站上公開。實際上現實生活中如果發生這種狀況，一定是水深火熱。我猜當事人應該會死都不肯住在一起。以後想找個機會寫寫結女答應同住的原因，以及姓氏特地配合對方的理由。

●——第二話：前情侶要看家（原題：前女友吸引注意）

二〇一七年八月十日於網站上公開。關於兩人有沒有跨越那一道線我考慮了很久，最後覺得太過寫實露骨也不是很好。這篇故事發表後過了兩天也就是八月十二日，本作似乎在カクヨム的每週綜合排行榜獲得了第一名。

●——第三話：前情侶準備開學

二〇一七年八月十九日於網站上公開。這篇故事結束後，就幾乎沒有再寫到結女受男生

歡迎的情節了。為什麼呢？沒錯，因為某戀愛ＲＯＭ專暗中把他們解決掉了。

●——第四話：前女友做體檢

全新創作。南曉月初登場。這是情節破格的一回，幾乎沒寫到水斗與結女的對話。我認為有些時候要講究言簡意賅。

●——第五話：前男友照顧病人

二〇一七年九月五日於網站上公開。這篇故事以我個人來說寫起來最有成就感。她只有在受到病魔侵蝕的時候才肯坦然撒嬌。

●——第六話：前女友候汝入夢（原題：前女友即將甦醒）

二〇一七年八月二十六日於網站上公開。沒有啦，那個，我只是覺得把偷內褲這種無聊故事寫成洛夫克拉夫特風格也許會很有趣……起初本來是想把全篇寫成仿洛夫克拉大特文體的，但讀起來實在太晦澀了，所以只留下一部分。

●——第七話：前情侶要約會（原題：前女友焦慮不安／前情侶要約會／前男友想守

護）

二〇一七年九月十九日，以及十月三十一日於網站上公開。想說差不多該讓他們約個會了，沒想到兩人完全不肯動。這兩個傢伙明明交往過，未免也太不習慣約會了吧。之所以將水斗設定為隱藏版型男，是覺得這樣比較讓人開心，對吧？

●——第八話：情侶互贈禮物

二〇一七年十二月二十四日於網站上公開。這篇是配合現實聖誕節寫的。當時我正熱中於寫不含「接吻」二字的接吻場面。

我想藉這個機會，深深感謝對這個只有男生女生打情罵俏的故事感興趣的責任編輯、為本作繪製可愛到讓人大腦都融化的插畫的たかやＫｉ老師，以及從網路連載時期支持至今的各位讀者。

カクヨム刊載的網路版除了濫讀派水斗與推理迷結女之外，還有新一位輕小說宅女角登場的故事，有興趣的讀者請參考看看。假如想閱讀紙本，或者是想看更多たかやＫｉ老師的插畫，就請跟各位認識的所有人以及在使用的所有社群網站上推薦本書，這樣我想角川Sneaker文庫編輯部應該會有所行動。大家一起給出版社施加名為銷量的壓力吧！

以上就是紙城境界的《繼母的拖油瓶是我的前女友(1) 過去的戀情不肯結束》。希望能在第二集與各位再次相見。

國家圖書館出版品預行編目資料

繼母的拖油瓶是我的前女友. 1, 過去的戀情不肯結束 / 紙城境介作 ; 可倫譯. -- 初版. -- 臺北市 : 臺灣角川, 2020.08

面 ; 公分. -- (Kadokawa fantastic novels)

譯自 : 継母の連れ子が元カノだった 昔の恋が終わってくれない

ISBN 978-957-743-942-0(平裝)

861.57 109008351

Kadokawa Fantastic Novels

繼母的拖油瓶是我的前女友 1
過去的戀情不肯結束

（原著名：継母の連れ子が元カノだった 昔の恋が終わってくれない）

2020年8月20日 初版第1刷發行
2022年8月25日 初版第7刷發行

作者：紙城境介
插畫：たかやKi
譯者：可倫

發行人：岩崎剛人
總編輯：蔡佩芬
編輯：邱瓈萱
美術設計：宋芳茹
印務：李明修（主任）、張加恩（主任）、張凱棋

發行所：台灣角川股份有限公司
地址：104台北市中山區松江路223號3樓
電話：（02）2515-3000
傳真：（02）2515-0033
網址：www.kadokawa.com.tw
劃撥帳戶：台灣角川股份有限公司
劃撥帳號：19487412
法律顧問：有澤法律事務所
製版：巨茂科技印刷有限公司
ISBN：978-957-743-942-0